APOKALYPSE

Die Ankunft

KOLJA S. NYBERG

Impressum

Widmung

Probleme kann man niemals mit derselben Denkweise lösen,
durch die sie entstanden sind.
Albert Einstein

Vorwort

Hinweis: Dieser Roman enthält ausgedachte, fiktive
Szenen.

Prolog

Was bisher geschah:

Aus einem Raumschiff werden Artefakte auf die Erde geschossen, die in Europa unglaubliche Zerstörung hinterlassen. Sie fallen ins Meer und lösen Tsunamis aus, in deren Folge weitere schlimme Dinge geschehen, die ein unglaubliches Durcheinander, eine Panik, auslösen. Die Regierungen sind überfordert; jeder versucht auf seine Weise mit der Situation klarzukommen. Anstatt in einen Austausch zu treten, und zusammen an einer Lösung zu arbeiten, verhindern sie diesen bewusst. Der Wissenschaftler Professor Lars Römer, der als einer der Ersten das Raumschiff gesehen hat, versucht mit Hilfe eines Teams aus Freiwilligen, mehr über das zu erfahren, was dort vom Himmel gefallen ist. Nicht alles, was sie tun, kann als legal bezeichnet werden. Doch ihn interessiert wie viele vor allem nur eines. Was ist da ins Meer gefallen und was wollen die Aliens? War dies eine Attacke, ein globaler Angriff?

EINS

Thomas Reesert, Mount Kean Observatorium

TAG 0: SAMSTAG - 14.08.

ICH WENDE DEN BLICK NICHT VON DEM, WAS ICH IM All über uns sehe. Es ist so unglaublich. Ohne auch nur eine Sekunde von dem zu verpassen, was sich dort oben tut, taste ich nach einem Telefon, von dem ich weiß, dass es neben mir auf dem Tisch liegt. Ich hätte nie gedacht, dass ich diese Nummer einmal wählen muss. Doch jeder der hier arbeitet, hat für den unwahrscheinlichen Fall, dass es Kontakt mit Außerirdischen gibt, die Kenntnis, wo er anzurufen hat. Die Nummer ist in jedem Telefon eingespeichert. United States Department of Homeland Security [DHS]), kurz Heimatschutzbehörde. Eine etwas gelangweilt klingende Person nimmt ab.

»Ja?«

»Thomas Reesert. Ich bin der Leiter des Mauna-Kea-Observatorium. Ich muss mit einem Verantwortlichen sprechen, und zwar augenblicklich.«

»Ja, klar.«

»Hören sie auf! Über uns ist ein fremdes Objekt, ein Raumschiff, und es schießt auf uns.«

»Sind sie betrunken?«

»Sie sollen mir jemanden ans Telefon holen! Verdammt, sie schießen! Sie haben ja meine Nummer, ich muss jetzt berechnen, wo die Teile einschlagen ...«

»Sie sind gut beraten, weniger zu trinken.«

»SIE sollten ihre Arbeit tun!« Er muss in meiner Stimme zumindest eine gewisse Panik heraushören, denn er legt nicht auf. Ich stelle auf laut. Damit ich einen Verantwortlichen höre, der an das Telefon geht. Danach aber drücke ich den Alarmknopf. Es gibt Abläufe, die wir sogar immer wieder mal trainieren. Und so dauert es nicht lange, bis meine engsten Mitarbeiter im Raum sind und alle anderen auf ihren Plätzen. Ab jetzt geht uns nichts mehr durch die Lappen. Nach den ersten ungläubigen Blicken verändern sie sich schnell in Faszination. Wir sind Forscher. Jeder Einzelne von uns hat nur einen Wunsch: Kontakt zu außerirdischen Lebensformen aufzunehmen. Zu erfahren, wie das Universum funktioniert. Die Daten von meinem Freund Professor Lars Römer, der mich kontaktiert hat, sehe ich mir später an, sie sind in meinem E-Mail-Postfach. Ich muss mir das, was über uns schwebt, mit eigenen Augen ansehen. Kontakt, wir haben Sichtkontakt, dieser Tag ist gekommen. Zumindest im Ansatz, denn Kontakt haben wir nicht. Keiner wendet den Blick von den Bildschirmen; sie wollen alles sehen und kein Detail verpassen. Mein Kollege hält mir das Telefon an das Ohr und ich höre nur:

»Reden sie.« In den folgenden Minuten spreche ich unfachmännisch nur vor mich hin. Erkläre das, was wir hier sehen, mit meinen Worten. Und ich interpretiere auch vieles dazu. Es folgen Sätze wie:

»Sie müssen über eine unglaubliche Intelligenz verfügen. Wie können sie solche Raumschiffe bauen! Es ist gigantisch. Unvorstellbar riesig. Es ... oh mein Gott! Sie haben etwas auf die Erde losgeschossen. Es wird bald einschlagen. Leute, berechnet schnell, wo werden die Artefakte auf der Erde auftreffen?« Es wird hektisch. Der Mann am Telefon nervt mich.

»Reden Sie endlich weiter, sind wir in Gefahr?«

»Woher soll ich das wissen? Nach den Berechnungen meiner Mitarbeiter ...« - einer reicht mir einen Zettel – und ich muss gezwungenermaßen den Blick vom Himmel wenden –

... werden sie ... wo genau! Leute, ich brauche das konkreter! Beeilt euch! Kann mir jemand sagen, wo die Teile auftreffen?« Ich wende den Blick wieder zum Raumschiff am Himmel, weigere mich, mich wieder abzuwenden. Das ist der Wahnsinn.

»Kann mir bitte jemand sagen, wo sie einschlagen?« Irgendjemand ruft durch den Raum.

»Nach den ungefähren Berechnungen wird keines der drei Artefakte die USA treffen. Eines wird in die Nordsee fallen, ein weiteres ins Mittelmeer und das dritte wird in Brasilien mitten im Amazonas aufschlagen. Wir haben herausgefunden, dass es noch einen

Einschlag gab, aber das muss etwas länger her sein, in Russland. Wir sind davon ausgegangen, dass es sich dabei um einen kleinen Meteoriten gehandelt hat. Ein Raumschiff war zu diesem Zeitpunkt nicht zu sehen.«

»Haben sie gehört?« Ich habe nach wie vor keine Ahnung, wer am anderen Ende der Leitung ist.

»Können sie uns auf ihren Bildschirm schalten?« Ohne auf seine Frage zu antworten, murmle ich vor mich hin.

»Das kann jetzt nicht sein! Habe ihr das gesehen? Ich löse den Blick vom Teleskop. Sehe zu den anderen. Die zum Teil fasziniert, aber auch ungläubig auf die Bildschirme blicken.«

»Es ist weg! Wie kann es in Sekunden verschwunden sein?« Aus dem Hörer vernehme ich eine Stimme, die, möchte ich meinen, brüllt.

»Was ist weg! Dr. Reester, sprechen sie mir uns.«

»Das Raumschiff, es ist weg.«

»Wie kann es weg sein?«

»Es ist wohin auch immer verschwunden, nachdem es diese Artefakte abgeschossen hat.«

»Sie haben uns also angegriffen?«

»Ich weiß es nicht! Mit wem spreche ich eigentlich?«

»Mit dem Leiter der Heimatschutzbehörde. Ich erwarte ihren genauen Bericht in fünfzehn Minuten auf meinem Tisch. Der Präsident wird mir in wenigen Minuten zugeschaltet.«

»Dann würde ich sagen, schalten sie mich mit dazu.«

»Das geht nicht.«

»Warum nicht, denken sie immer noch, ich spinne? Und dass ich dem Präsidenten Quatsch erzähle?« Es geht schnell. Zügiger, als ich es gedacht hätte. Doch nur eine halbe Stunde später bin ich in einer Videoschalte mit dem Präsidenten und einigen anderen hochrangigen Regierungsmitgliedern verbunden, von denen ich, wenn ich ehrlich bin, noch nicht einmal den Namen weiß. Bis zu diesem Moment habe ich gemeinsam mit meinen engsten Mitarbeitern die Zeit genutzt und Berechnungen angestellt. Wir alle sind aufgeregt und können nicht fassen, was geschehen ist.

»Guten Morgen, Mr. Reester, Sie haben uns Beängstigendes, aber auch Erstaunliches mitgeteilt. Ich hoffe für sie, dass uns nicht angelogen haben.«

»Nein Sir, nein, Mr. President, ganz und gar nicht. Ich möchte ihren Blick auf den Monitor lenken und ...« In den nächsten paar Sekunden höre ich von den Herren nichts. Erst als die kurze Frequenz und die Bilder, die ich von Lars überspielt bekommen habe, abgelaufen sind, gehe ich wieder ans Telefon.

»Das ist unglaublich.«

»Ist es, Mr. President. Wir ... wir sind dabei, aus den vielen Informationen, wo auch immer wir sie herbekommen können, Genaueres zu erfahren. Wir haben Hubble-Bilder und von einigen Satelliten Bilder der letzten Stunde angefragt aber bisher haben wir nur unsere eigenen und jene von Professor Lars Römer aus Deutschland. Er ist ein Bekannter von mir, der mich angerufen hat, als er die erste Sichtung hatte. Er hat mir auch per Mail seine Fotos zugesandt, die jedoch von einer sehr kleinen Sternwarte gemacht wurden und deshalb nicht von besonders guter Qualität sind. Unsere eigenen werden das Ausmaß und die Größe des Raumschiffes noch besser verdeutlichen können.

»Reden sie weiter.«

»Es wurden mehre Artefakte oder Sonden oder um was auch immer es sich dabei handelt auf die Erde geschossen. Wir wissen gesichert, dass eines in die Nordsee gefallen ist und in Europa einen Tsunami ausgelöst hat. Ich hoffe, dass Professor Lars Römer mein Freund, der sich dort aufhielt, noch lebt. Wenn wir auf die Satellitenbilder geschaltet werden, sehen wir vermutlich, dass die Zerstörungen dort verheerend sind. Die ganze Tragödie aber wird erst in ein paar Stunden zu erkennen sein, wenn in Europa die Sonne aufgeht. Das zweite Objekt schlägt im Mittelmeer ein und das in etwa zwanzig Minuten. Wieso es nicht so schnell wie das andere, wissen wir nicht, aber dieses Artefakt ist langsamer unterwegs. Ich hoffe, dass die Behörden schnell reagieren und die Menschen evakuieren, auch dort sind jedoch verheerende Schäden zu erwarten. Der dritte ging nach unseren Berechnungen im Amazonas runter, in einem Gebiet, das nicht bewohnt ist. Vermutlich können wird nicht viel erkennen, es gab sicherlich ein kreisrundes tiefes Loch. Es brennt Gewiss auch in einem größeren Umkreis, aber mehr kann ich nicht sagen, da wir noch keinen Zugriff auf die Satelliten erhalten haben, die auf die Erde ausgerichtet sind.«

»Und was ist es?«

»Auch das nicht. Ich habe keine Ahnung.«

»War dies eine Angriff?«

»Sorry, Mr. President, ich weiß es einfach nicht.«

»Und das Raumschiff, wo ist es hin?«

»Wir vermuten, dass es sich hinter dem Jupiter versteckt, aber ob dem so ist – auch das wissen wir nicht. Im Moment sind keine Sonden in dieser Entfernung, die wir anfunken könnten. Und es kommen in den nächsten zehn Jahren auch keine an. Ich meine, Mr. President, wir benötigen mindesten zwei Jahre bis zum Mars, zum Jupiter Jahrzehnte. Mit ist auch nicht von anderen Nationen bekannt, dass sie etwas in dem Orbit haben, wenn, dann könnten die Chinesen noch etwas hochgeschickt haben, doch ich denke, das wüssten wir. So etwas geheim zu halten, ist eigentlich nicht möglich. Um es klar auszudrücken, was immer das dort oben ist, es ist uns um viele Zeitalter voraus.« Schweigen breitete sich aus. Ein wichtig aussehender Kerl steht auf.

»Wer hat noch Kenntnis davon?«

»Wie meinen Sie?«

»Das, was sie uns eben erzählt haben, dem Raumschiff. Wer weiß davon?«

»Alle, die in den vergangenen Stunden in den Himmel geblickt haben, das wird man nicht übersehen haben. Das wird nicht zu verheimlichen sein, wenn das ihre eigentliche Frage ist. Jeder Hobbyastronom wird es gesehen haben. Ich würde meinen, dass alle, die aufmerksam in den Himmel geblickt haben, es mit bloßem Auge erkannt haben, dass über uns etwas war, das dort nicht hingehört. In Europa war es eine sternenklare Nacht, der Perseiden-Regen wurde in den Medien angekündigt. Perfekt, um ein Naturschauspiel zu betrachten. Viele werden die Sternschnuppen gezählt haben. Und dann kamen die die Einschläge ...«

»Wir ziehen uns jetzt zur Beratung zurück.«

»Ich brauche Zugriff auf Bilder vom Hubbel der vergangenen Tage und auf die Satelliten! Wirklich, das ist wichtig! Wir benötigen verlässliche Daten und Bilder von dem, was auf der Erde geschieht. Auch müssen wir wissen, ob es Vorankündigungen gab.«

»Nicht genehmigt. Die NASA benötigt im Moment sämtliche Ressourcen.« Ich kann es nicht fassen. Ich sehe den Kerl erstaunt an.

»Haben wir Kontakt zur ISS?«

»Die NASA wird sich darum kümmern. Sie berechnen ausschließlich, wo genau diese Artefakte runtergekommen sind. Um den Rest kümmert sich die NASA. Und erst einmal kein Kontakt zu Außenstehenden. Das ist ein Befehl.«

»Und Professor Lars Römer?«

»Wir melden uns, wenn wir diesen Römer erreicht haben. Sollte er noch leben und etwas Wichtiges wissen, erfahren wir es.«

In den folgenden Stunden ist Chaos pur angesagt. Mein Team arbeitet wie verrückt und das, obwohl man uns aktiv an der Arbeit zu behindern versucht. Allerdings finden wir mit Hilfe älterer Aufnahmen heraus, dass es sich bei dem Einschlag in Russland tatsächlich auch um ein Artefakt von diesem Raumschiff handelt. Es wurde allerdings von unbeschreiblich weit weg abgeschossen. Entweder war den Außerirdischen dieser Schuss zu ungenau oder es handelte sich um einen Test. Den Berechnungen nach war das Artefakt auch viel kleiner. Wir verstehen noch nicht wirklich, was es zu bedeuten hat. Nach wenigen Stunden werden uns auch diese Zugänge gesperrt. Wir können nur auf die Dinge zugreifen, die wir örtlich, also im Gebäude, gesichert haben. Letztlich finden wir heraus, wie groß die Artefakte waren, was sie jedoch sind, können wir nicht sagen. Wir wissen nur, dass die Schäden in Europa durch die beiden Tsunamis immens sind. Als wir alle Koordinaten berechnet und alle Bilder vergrößert und aufgearbeitet haben, werde ich kurz darauf zu einem Meeting gerufen. Mein Team ist seit Stunden wach und keiner beschwert sich deswegen, wir können alle nicht glauben, was sich am Himmel abgespielt hat. Das Erste, was ich auf dem Bildschirm sehe, ist Lars.

»Lars, du lebst, zum Glück geht's dir gut. Ich hatte Angst, dass dir etwas passiert ist. Die Satellitenbilder zeigen uns, dass die Welle riesige Ausmaße hatte.« Mittlerweile wurden uns auch die wichtigsten Regierungsmitglieder zugeschaltet. Wir wollen uns austauschen und Lars beginnt mich aufgeregt, einiges zu fragen. Ein Herr unterbricht uns ziemlich rüde, der ziemlich *nervtötend* auftritt. Wissenschaftler sind bestrebt, sich auszutauschen, möglichst viel mitzuteilen in schnellstmöglicher Zeit, damit Lösungsansätze erarbeitet und gefunden werden können. Modern ausgedrückt könnte man es Brainstorming nennen. Das kann aber ein Beamter, der es gewohnt ist, To-do-Listen abzuarbeiten, niemals akzeptieren. Der besagte Herr erörtert uns, dass dieses Meeting nach festgelegten Regeln ablaufen wird. Daraufhin explodiert Lars geradezu. Er muss unter enormer Anspannung stehen, denn so ist er normalerweise nicht. Ich muss schmunzeln, auch wenn mir nicht danach zumute ist angesichts der Situation. Als er von Zusammenarbeit und Informationsaustausch spricht, sind auch die Vertreter meiner Regierung zu blöde, um zu erkennen, dass man dieses Problem nicht im Alleingang wird lösen können. Doch mir sind die Hände gebunden, die Verbindung wird einfach gekappt und ich werde quasi noch in diesem Moment zum normalen Angestellten degradiert. American First also, ein Fehler, denn das hier ist eine Sache, die die komplette Welt angeht. Aber das wollen die Herren nicht wissen. Nicht von mir, dem kleinen Forscher. Doch genau das bin ich, ein Forscher. Die NASA, Homeland und der CIA oder das FBI und wer weiß ich noch übernehmen das Ruder. Ich habe nur noch eine Aufgabe und die heißt, die Füße still und die Klappe geschlossen zu halten. Meine Mitarbeiter daran zu erinnern, dass sie niemandem auch nur ein Wort erzählen dürfen. Sie sollten mich und

Wissenschaftler im Allgemeinen nicht unterschätzen. Denn wir sind neugierig und das, was sich hier abspielt, ist der Traum eines jeden Astronomen und Forschers. Als wir alleine sind, beginnen wir damit, unser eigenes Süppchen zu kochen. Ich bin in Gedanken bei Lars. Er hat einen Weg angedeutet, wie wir weiterarbeiten können. Es wird nicht leicht sein, wenn sie das Observatorium vom Netz nehmen, aber es gibt Mittel und Wege, sich trotzdem auszutauschen. Sie werden nicht einfach alles abschalten, das würde eine Massenpanik auslösen. Ich vermute eher, dass sie es zwar anlassen, wir aber nicht sehen dürfen, was dort oben los ist. Doch es gibt Möglichkeiten. Das Internet ermöglicht alles. Die Börse würde zusammenbrechen, keiner könnte mehr ... nein, das wird nicht so einfach funktionieren, deshalb werde ich den Tipp von Lars annehmen und meine Kontakte ein wenig spielen lassen, wenn es denn geht.

ZWEI

Köln

TAG 5: DONNERSTAG - 19.08.

»Öffnet die Tür! Hallo, was ist denn los?« Wir stehen mitten im Raum, von draußen ist reges Treiben zu vernehmen, aber niemand kommt. Wir meinen, über uns schmerzhaftes Stöhnen und auch jemanden husten zu hören. Es klingt schrecklich, auch verzweifeltes Weinen und Wimmern ist zu hören. Dazwischen ertönt immer wieder lautes Geschrei und ein Befehl folgt dem anderen. Aber keiner hört uns. Ich verstehe das nicht. Es ist laut im Gebäude. Wir hören auch mehrere Male einen Hubschrauber landen. Wieder rufen wir laut und klopfen gegen die Tür.

»Hallo, wir sind hier, lassen Sie uns raus.« Dann endlich ist jemand an der Tür.

»Ist da wer?«

»Hallo! Ja wir! Wir möchten hier raus, wir sind eingesperrt!«

»Hier gibt es keinen Schlüssel. Ich hole Hilfe, aber

im Moment seid ihr dort sicher. Ihr fühlt euch nicht krank? Es geht euch gut?«

»Ja uns geht's es gut, wieso, was ist denn los? Niemand erzählt uns etwas, wo ist Lars?«

»Wer?«

»Lars Römer. Er musste zu einem Meeting nach Berlin.“

„Wann kommt er wieder, er ist unser Vater!“

„Keine Ahnung, aber bleibt jetzt ruhig. Ich gebe weiter, dass ihr euch noch hier unten befindet.«

»Danke, vielen Dank.« Wir warten. Die Minuten verstreichen. Es wird nicht direkt leiser, das Gepolter ist immer noch da, doch von Minute zu Minute wird es ruhiger. Und was noch schlimmer ist, niemand kommt, um uns die Tür zu öffnen. Erneut hebt ein Hubschrauber ab. Wir hören die sich drehenden Rotoren, die ordentlich Lärm machen. Mit aller Kraft klopfen wir erneut und schreien, doch unsere Rufe werden nicht gehört. Lisa sitzt mit weit aufgerissenen Augen auf der Pritsche und fragt ängstlich:

»Was meint ihr, kommt dieser Mann und holt uns noch? Und wann kommt Lars wieder? Wieso öffnet denn niemand? Sie wissen doch, dass wir hier unten sind. Und wieso hört uns denn keiner, wenn wir rufen. Finden sie wirklich keinen Schlüssel?«

»Das glaube ich nicht.«

»Aber Paul, ich habe Angst, wieso erklärt uns denn niemand, was los ist? Da war doch dieser Mann, der da vor der Tür stand, oder?« Kolja sieht zu mir, auch er ist in der Zwischenzeit unruhig und nervös geworden. Er sagte ja, dass ihn geschlossene Räume zappelig machen, er den Himmel sehen muss, aber hier ist nur das Neonlicht. Die Anspannung in mir wird ebenfalls nicht weniger. Hier stimmt etwas überhaupt nicht. Wieder klopfen wir beide an die Tür.

»Hallo, ist da jemand? Hallo, öffnen sie die Tür! Was ist denn los? Weshalb lassen sie uns nicht raus?« Im selben Moment geht das Licht aus. Lisa schreit panisch auf:

»Paul! Ich habe Angst, Paul, wo bist du?«

»Hier, Lisa, keine Angst.« Ich taste mich zu ihr auf die Pritsche. Nehme ihre Hand. Kurz danach geht ein Notlicht an und wir sind nicht mehr im Dunkeln. Kolja versucht weiterhin, auf sich aufmerksam zu machen.

»Macht die verdammte Tür auf! Hallo?« Die Situation ist gespenstisch, vor allem, als sich der Heli entfernt. Es ist plötzlich zu still, als ob man uns zurückgelassen hätte.

»Haben die uns vergessen? Paul? Ich habe Angst.« Kolja kann es nicht fassen, er schlägt wie verrückt gegen die Tür, bis ich mich von Lisa löse, zu ihm trete und seinen Arm festhalte.

»Kolja bitte, versuch ruhig zu werden. Da ist niemand mehr. Wir müssen überlegen, wie wir die verdammte Tür aufbekommen. Ich will auch hier raus. Egal wie.« Er atmet ein paarmal tief durch und als er sich wieder unter Kontrolle hat, wendet er sich Lisa zu.

»Verzeih mir, Lisa, Paul hat recht. Ich bin nur

gerade kurz davor durchzudrehen. Ich muss hier raus und will wieder den Himmel sehen. Dass ich einge- sperrt bin, geht schon viel zu lange ... Ok, Paul, ich bin wieder da. Lass uns überlegen, wie wir hier rauskommen. Hilfe wird vermutlich nicht kommen. Da das Licht aus ist und wir nur das Notlicht haben, wird alles etwas schwieriger.«

»Wir brauchen eine Art Hebel.«

Das ist kein Problem, aber wie kommen wir in die Fuge. Wir brauchen irgendetwas Dünnes aus Metall, damit wir in den Rahmen reinfahren können. Wir sehen uns wieder um. Bald schon haben wir ein paar Dinge gefunden, die uns helfen könnten. Und kommen beide zeitgleich auf dieselbe Idee.

»Lisa, steh mal auf.« Wir sehen uns die Pritsche etwas genauer an. Kolja ist es, der rabiater vorgeht und diese mit Tritten zerkleinert. Der Rahmen ist aus Stahl, aber er wird nur mit dünnen Schrauben zusammengehalten und diese wiederum haben gegen Kolja keine Chance. Bewaffnet mit einer Strebe gehen wir beide zur Tür. Doch wir schaffen es immer noch nicht. Aber Kolja gibt nicht auf und beginnt den Verputz abzuschlagen. Als wir auf das Mauerwerk stoßen, ist der Spalt breit genug, um die lange Stahlstrebe der Pritsche fest anzusetzen. Mit vereinten Kräften, viel Schweiß und verletzten Fingerknöcheln schaffen wir es, die Tür aufzubrechen. Bevor wir nach draußen gehen, müssen wir beide erst mal durchatmen. Gemeinsam treten wir in den Flur, rufen ein paar Mal laut um Hilfe, doch niemand antwortet uns.

Gut ist, dass es sich um ein öffentliches Gebäude handelt, sodass wir der Notbeleuchtung und der Beschilderung folgen können. Als wir ins Erdgeschoss kommen, sehen wir wieder Tageslicht und wir fühlen uns schnell besser.

»Lasst uns zum Ausgang gehen, oder?«

»Auf jeden Fall.« Wir laufen an ein paar Automaten vorbei, die mit Trinkflaschen und Snacks gefüllt sind. Als wir den Ausgang erreichen, ist dieser verschlossen.

»War ja klar, oder?«, murmelt Lisa.

»Und jetzt?«

»Gehen wir zu einem Notausgang. Die Tür muss immer von innen geöffnet werden können.«

»Woher weißt du das alles, Kolja?«

»Ich hatte im Winter immer viel Zeit zu lesen und mich interessiert einfach alles. Außerdem weiß das jeder, oder, Paul?« Wir gehen den Flur zurück und folgen den Schildern zum Notausgang. Bevor Kolja die Tür öffnet, ruft er:

»Paul, sieh mal, da liegt einer.«

»Wo? Ist er tot?«

»Ich weiß nicht, aber das sieht nicht so aus, als ob er noch lebt. Er hat auch diese Schutzkleidung an.« Lisa ist es, die sich vordrängt.

»Er hat sich eben bewegt. Paul, wieso ist er so angezogen, ist er krank? Was, wenn sie deshalb alle abgehauen sind? Der sieht doch genauso aus wie die, die uns untersucht haben, oder?«

»Du hast recht. Kolja, wir sollten aufpassen.«

»Aber wir können ihn doch nicht liegen lassen. Ich geh raus.« Er öffnet die Tür, man sieht ihm an, dass er Angst hat. Kaum hat er einen Fuß nach draußen gesetzt, spricht der am Boden liegende Mann.

»Komm nicht näher. Ich bin krank und ansteckend. Geht wieder zurück, warum bist du hier?« Er hustet.

»Man hat uns hiergelassen, vergessen. Wo ist Lars Römer?«

»Er ...« Der Mann hustet erneut.

»Ihr müsst wieder rein, bitte, hier draußen … ist … der Tod.« Wieder hustet er.

»Du bist Kolja, oder?«

»Ja.«

»Seit dem Anschlag werden die Menschen durch ein Bakterium rasend schnell krank und es ist hochansteckend. Ihr müsst euch schützen, habt keinen Kontakt zu niemandem.« Wieder schüttelt ihn ein Hustenanfall. Leise sage ich:

»Kolja, komm wieder rein. Bitte. Ich habe schreckliche Angst.«

»Kolja, ihr seid im Gebäude sicher. Wirklich. Wartet auf Hilfe. Lars wird ...« Er hustet wieder.

»Was ... was ist mit ihm?«

»Er wird, glaube ich, wiederkommen.«

»Das glauben Sie? Wann?« Erneut hustet er. Als Kolja näher zu dem Mann treten will, nimmt er seine letzte Kraft zusammen und schreit:

»Bleibt weg. Ich sterbe, Kolja, seht nicht zu, geht

wieder rein, verbarrikadiert euch.« Er verdreht die Augen und wird schlaff. Lisa ruft:

»Ist er tot, Paul? Ich habe Angst.«

»Kolja, komm wieder rein, schnell!«

»Ist er es, Paul?«

»Nein, Lisa, sieh, er atmet noch, aber das gefällt mir nicht.« Kolja tritt zu uns. Er wirkt gefasst und entschlossen.

»Wir müssen einen Computer finden.« Er rennt den Flur entlang steht plötzlich in einer Art Zentrale, jedenfalls stehen dort viele PCs und sie funktionieren scheinbar noch. Kolja geht an den erstbesten und öffnet das Internet.

»Sieh mal, Paul.« Wir lesen und sehen uns die Bilder an. Und das, was wir sehen, gefällt mir nicht.

»Lisa, schau dich mal um, ob du ein Handy findest.«

»Das wird nichts nützen.«

»Wieso?«

»Da steht, dass das Handynetz außer Betrieb ist. Aber du kannst ja mal das Festnetz testen.« Lisa rennt zum Telefon und wählt die Nummer von unserer Mutter. Doch nur eine nette Stimme ertönt, die uns mitteilt, dass der Anschluss vorübergehend nicht erreichbar sei. Ich wähle das Festnetz unserer Großeltern. Aber nach dem gefühlt zwanzigsten Klingeln hebt trotzdem niemand ab.

»Sie gehen nicht ans Telefon.« Lisa weint.

»Paul, ich will zu Mama.« Sie fällt in meine Arme und weint.

»Ich habe Angst.« Kolja ist es, der immer noch in den PC tippt. Er wirkt nach wie vor entschlossen und dreht sich zu uns um.

»Ich werde nach Hause gehen. Ich muss zu meinen Eltern. Paul, wenn ich du wäre, würde ich vorschlagen, dass du mit mir gehst. Wenn wir es schaffen, bis nach Schweden zu kommen, dann ...«

»Die Grenzen sind doch zu und überall sind kranke Menschen und Tote. Kolja, das ist Wahnsinn und es ist so ein weiter Weg bis nach Schweden. Du hast doch gesagt, dass es viele Kilometer im Nirgendwo ist, wo du aufgewachsen bist. Außerdem müssen wir da über eine Brücke und die wird zu sein.«

»Vielleicht, vielleicht aber auch nicht und ich bin Schwede, mich müssen sie reinlassen. Und im Nirgendwo sind wir sicher. Hier, wer weiß, ob Lars kommt und wenn er kommt, ob er nicht womöglich schon krank ist.« Lisa schluchzt.

»Paul, ihr könnt gerne hier warten. Ich bin euch dankbar, dass ihr mich von Wangerooge mitgenommen habt. Wenn ich dageblieben wäre, wäre ich vielleicht längst bei Karla. Ich muss versuchen, es nach Hause zu schaffen. Ich muss einfach.«

»Aber bis wir dort sind, da kann alles passieren.«

»Nicht wenn wir durch die Wälder fahren. Wir müssen nur nach Schweden kommen. Wenn wir über die Brücke gekommen sind, ist es einfach, ich kenne mich in den Wäldern aus.«

»Kolja, das ist Wahnsinn.«

»Ich muss verschwinden, versteht mich doch. Und wir sind dort sicher, glaubt mir.« Lisa zweifelt.

»Kolja, aber Schweden ist trotzdem weit weg. Wir können nicht tausende Kilometer gehen, wie stellst du dir das denn bitte vor?«

»Natürlich laufen wir nicht, wir fahren mit einem Auto.«

»Aha, und mit welchem und kannst du überhaupt fahren?«

»Kann ich, ja. Lasst uns etwas zu essen und zu trinken suchen. Da sind diese Snacks in diesen Automaten und die sind haltbar. Holen wir das Zeug.« Nur eine halbe Stunde später haben wir genügend Essen und Trinken zusammengesucht.

»Und jetzt?«

»In der Tiefgarage stehen sicher Autos.« Als wir dort sind, suchen wir nach Schlüsseln und haben sogar Glück. Kolja drückt einen Schlüssel nach dem anderen. Viele öffnen sich, aber noch ist anscheinend nicht sein Wunschauto dabei. Als jedoch die Lichter aufblinken und sich die Türen eines SUV öffnet, jubelt er auf.

»Yes!« Lisa ist es, die erneut fragt:

»Aber kannst du wirklich fahren, Kolja?«

»Ja, kann ich.« Tatsächlich bekommt Kolja es hin, ein Auto zu starten. Die Tiefgarage öffnet sich und er fährt los. Stoppt aber nach Sekunden wieder.

»Was ist los?«

»Der Tank ist nur halb voll, wir müssen ihn auffüllen.« Diesmal bin ich Lars dankbar. Reine Physik.

»Ich weiß, wie. Wir brauchen einen Schlauch, Kolja.« Er versteht schnell, was ich vorhabe, und sieht sich in der Garage um. In einem kleinen Nebenraum finden wir, was wir benötigen und noch mehr. Wir lassen Benzin aus den Autos in einen Kanister und füllen unser Auto damit auf. Zuletzt füllen wir die drei Kanister. Immerhin haben wir dann eine Reserve. Den Schlauch packen wir ebenfalls ein. Dann starten wir. Kolja dreht sich zu Lisa um.

»Wir werden nicht anhalten, das Fenster nie öffnen und nie aussteigen. Lisa, du musst uns vertrauen.«

»Außerdem, Lisa, wenn ich sage, dass du die Augen zumachen sollst, wirst du das tun.« Als wir aus der Tiefgarage fahren, ist uns klar, dass wir durch die Hölle fahren. Die Krankheit, sie muss fürchterlich sein. Die Straßen sind verstopft, überall sind Autos auf der Flucht. Alle tragen Masken oder Schals vor dem Gesicht. Und das bei der Hitze. Ich glaube, niemand weiß aber so richtig, wohin er flüchten soll. Kolja umfährt die größeren Staus und lenkt das Fahrzeug über Wege, die nicht so befahren sind.

»Was, wenn der Tank leer wird, Kolja?«

»Dann fällt uns was ein. Wir haben ja noch Reserven an Bord. Wir kommen damit sehr weit und wenn wir eine Möglichkeit sehen, nachzufüllen, machen wir das.«

»Es stinkt hier drin nach Benzin.«

»Stimmt, aber das ist nicht so schlimm. Daran gewöhnen wir uns sicher schnell.«

DREI

Im Hubschrauber

TAG 5: DONNERSTAG - 19.08.

FASSUNGSLOS SEHEN WIR ALLE AUF DAS HANDY IN meiner Hand. Meine Gedanken gehen nur in eine Richtung. Ich war für Lisa und Paul verantwortlich und sie sind in großer Gefahr, wurden irgendwo hingebracht ... wie soll ich das Marla bitte erklären und dann diese Info, dass ...

Ich bin nicht in der Lage, zu reagieren. Chris ist es, der mich an der Schulter berührt.

»Lars, ich weiß, dass es schlimm ist und du vor Sorge umkommst, aber den Kids geht es gut. Ich bin mir sicher.«

»Woher willst du das wissen.«

»Keine Ahnung, aber ich weiß es einfach. Ihr habt Wangerooge überlebt. Und das hatte einen Grund.« Ich muss lachen. Es ist ein gequältes Lachen.

»Wie nur soll ich das ihrer Mutter erklären. Ich kann sie noch nicht einmal anrufen. Aber ich muss. Ich kann diese Information nicht für mich behalten.«

»Lars! Lars, hör mir zu, du hast Axel Mohr gehört, was auch immer in der Nordsee war, ist ausgeschlüpft, wir haben es gesehen. Es ist etwas im Wasser und wir müssen herausfinden, was die von uns wollen? Die Kinder sind, wenn sie krank sein sollten, verloren. Das klingt fürchterlich. Niemand will sich sowas vorstellen und ich wünsche mir, dass sie das nicht sind. General Altmann sagte, dass sie gesund sind und in Sicherheit. Bisher konnten wir ihm doch vertrauen. Weshalb also sollte er dich anlügen. Es nützt deiner Freundin im Moment nichts, wenn sie weiß, dass du keine Ahnung hast, wo sie sind. Wenn sie noch leben, werden wir sie suchen und auch wiederfinden.«

»Wir werden alle sterben, Chris, du hast es doch selber berechnet.«

»Lars, komm zu dir! Bitte, wir brauchen dich. Wenn du so denkst, musst du auch niemanden anrufen. In dem Fall sehen wir uns alle auf der anderen Seite wieder. Aber Lars! Er schüttelt mich: Gib jetzt nicht auf! Noch leben wir und viele andere ebenfalls. Du musst dich zusammenreißen. Hab Vertrauen in die Kids, sie sind schlau und sie werden nicht aufgeben! Denk an das, was wir entdecken können. Wenn es so sein sollte, dass sie tot sind, wirst du daran nichts mehr ändern können. Es ist schlimm, fürchterlich, aber nicht mehr zu ändern. Das hast du doch auch zu Kolja gesagt, als du ihn von seiner Schwester weggezogen hast. So hast du es mir erzählt. Denke an das, was wir entdecken können, denk an das Raumschiff, das wir gesehen haben, du bist doch ein Wissenschaftler, ein Forscher und du bist neugierig. Lars!« Keine Ahnung, wieso, aber Chris Worte dringen irgendwann zu mir durch. Er hat recht. Im selben Moment ruft Marlon:

»Wir sind gleich da. Das Gebäude unter uns steht verlassen da. Die Jalousien sind alle geschlossen. In der Stadt selbst ist überall Blaulicht zu sehen. Und viele Autos sind zu sehen, alle mit dem Ziel, der Stadt den Rücken zu kehren.«

»Was zum Teufel tun die Behörden da? Sie haben tatsächlich nichts verstanden! Die Menschen, weshalb sagen sie ihnen nicht, dass es das Schlimmste ist, was sie tun können, rauszugehen. Sie sollten sich verbarrikadieren, niemanden ins Haus lassen und abwarten, bis es vorbei ist. Sie könnten überleben, wenn sie sich nicht anstecken. Und wenn die Seuche so rasant um sich greift, wird es schnell gehen, bis die Stadt leerer sein wird. Je weniger Menschen, desto weniger Ansteckung.« Kopfschüttelnd sehe ich zu Michi und Chris.

»Sie haben uns wirklich kein Wort von dem, was wir gesagt haben, geglaubt. Wie kann man so unverantwortlich sein und wie kann man so ... so unglaublich stur sein!« Zum Glück übernehmen erst mal Pepper und sein Team, als der Helikopter landet. »Bleibt erst mal alle sitzen, Mimm, Buffi, wir werden zuerst kontrollieren, ob alles in Ordnung ist. Ob das, was General Altmann gesagt hat auch wirklich der Wahrheit entspricht und das Gebäude leer und sicher ist. Marlon, mach den Heli startklar, womöglich müssen wir einen Blitzstart machen. Marlon, wenn ich sage, du sollst verschwinden, dann tu das. Egal ob wir im Heli sitzen oder nicht verstanden? Bring sie an einen sicheren Ort. Lars, Michi, Chris, setzt euch an die Fenster, haltet eure Augen offen, ob wir alleine sind oder ob sich Zivilisten oder andere Personen in der Nähe aufhalten. Wir dürfen den Hubschrauber auf keinen Fall verlieren. Er ist im Moment eines der wichtigsten Dinge, die wir haben. Zumindest solange er Sprit hat.«

»Pepper, du glaubst echt, dass da jemand auf uns wartet, zu uns rennt und uns überfallen will?«

»Sicher, Michi, ein Hubschrauber bedeutet auch einen schnellen und vermeidlich sicheren Fluchtweg. Je nachdem, wie viele Menschen sterben oder krank sind, desto verzweifelter sind die Überlebenden.« Als mir klar wird, was Pepper da sagt und auch die Konsequenzen, die mit seinen Worten verbunden sind, deutlich werden, wird mir die Gefahr erst so richtig bewusst. Bisher war sie nur oberflächlich zu spüren und ich war um andere besorgt, aber nie um mich. Pepper hat recht, es ist Krieg ausgebrochen und wir müssen alles dafür tun, um zu überleben, um herauszufinden, was da draußen vor sich geht. Ob es eine Möglichkeit gibt, Kontakt mit was auch immer aufzunehmen und herauszufinden, was da auf uns zukommt. Als alles still bleibt und keiner was außerhalb des Helikopters erkennen kann, öffnet Pepper die Tür. Er und seine Kollegen springen heraus und sichern alles ab.

»Mimm?«

»Auf meiner Seite ist alles safe.«

»Buffi?«

»Bei mir auch.« Lauter ruft er in den Hubschrauber.

»Marlon?«

»Bei mir ist auch nichts zu erkennen. Es sieht alles gut auch.«

»Wie gesagt, Marlon, sorge dafür, dass der Heli abflugbereit ist, allerdings so gut gesichert, dass nur wir ihn starten können. Wenn du bereit bist, sag es, danach gehen wir geschlossen in das Gebäude.« Michi hält mich kurz zurück.

»Lars?«

»Ja, Michi?«

»Egal, was da drinnen ist. Und egal, ob wir das hier überleben oder wie lange. Es hat mich gefreut, dich kennenzulernen. Dass du mich und auch Chris gestalkt hast, war mir eine Ehre.« Ich schmunzle.

»Du willst jetzt aber nicht deine Grabrede halten. Chris hat doch klar gesagt, dass wir herausfinden werden, was zum Teufel da im Wasser und im Orbit ist.« Er redet einfach weiter:

»Und Pepper?«

»Hm?«

»Wenn wir das tatsächlich überleben, egal wie lange - es ist schade, dass du erst jetzt in mein Leben getreten bist. Bisher war Chris mein einziger Freund, aber nicht, dass du jetzt denkst, es war so auf sexueller Ebene. Er würde mir in den Arsch treten, wenn ich so für ihn fühlen würde. Er ist mein einziger Freund. Dich aber würde ich verdammt gerne näher kennenlernen, auch auf diese andere Art und wenn das jetzt zu direkt und zu schnell ist, sei es mir verziehen. Doch ich habe sowas von die Hosen voll zu sterben, morgen nicht mehr zu leben, dass ich es einfach ausgesprochen haben will. Für einen Soldaten bist du echt ok.« Mit diesen Worten steigt er als Erster aus. Pepper reicht ihm die Hand, er hält sie ein paar Sekunden länger, als er müsste, und sieht ihn direkt an.

»Wage es nicht zu sterben, nicht vor mir. Wir haben, wenn das vorbei ist, ein Date, bei deinem Lieblingsitaliener. Kapiert!« Michi schluckt, verzieht allerdings seine Lippen zu einem Lächeln.

»Hab ich verstanden.« Chris schüttelt nur den Kopf, ich selbst ebenfalls und die anderen Jungs lachen. Aber auch sie blicken sich an und nicken sich alle zu. Es findet dieser spezielle Austausch statt, den ein Team, das sich ohne Worte versteht, hat. Ich selber denke an Marla und verspreche ihr, nur in meinem Kopf, dass ich überleben werde und ihre Kinder zu ihr zurückbringe. Wann auch immer das sein wird. Im Laufschritt rennen wir zum Gebäude. Die Tür ist nicht verschlossen. Innen ist nur die Notbeleuchtung an. Da alle Fenster verdunkelt sind, und in Anbetracht dessen, weshalb sie alle weg sind, wirkt es schaurig auf uns. Dass sie noch Zeit hatten, alles dicht zu machen und die Lichter auszumachen, irritiert uns im ersten Moment, aber es scheint tatsächlich so zu sein. Ich weiß nicht, was ich erwartet habe zu sehen, aber nach dem kurzen Telefonat mit Altmann das Schlimmste. Aber es ist, wie er gesagt hat. Das Gebäude scheint leer zu sein. Es sind auch keine Plünderer unterwegs. Es sieht so aus, als ob alle damit beschäftigt waren, einfach Feierabend zu machen. Gang für Gang und Stockwerk für Stockwerk sichern die Jungs unseren Weg. Es ist niemand da. Alle sind ausgeflogen. Nach etwa zehn Minuten sind wir in der Zentrale angekommen. Die Bildschirme sind alle an. Die Stromversorgung wurde nicht abgestellt. Interessant ist, dass das Radio an ist und in diesen Minuten eine Durchsage des Kanzlers zu vernehmen ist. Während wir der Ansprache lauschen, sehe ich mich um.

Meine lieben Mitbürger und Mitbürgerinnen. Wie sie mitbekommen haben, hat uns vor drei Tagen ein Meteorit getroffen. Dieser war derart groß, dass er einen Tsunami in der Nordsee ausgelöst hat. Es gibt sehr viele Tote und Verletzte. In Anbetracht dessen bitte ich sie alle inständig – bleiben sie zu Hause. Geraten sie nicht in Panik. Sie sind dort, wo sie sich im Augenblick befinden, sicher. Es wird keine weiteren Einschläge geben. Die Straßen müssen freigehalten werden, damit die Einsatzfahrzeuge zu den Verletzten fahren können. Es ist unverzichtbar, die Toten zu bergen. So schwer es mir fällt, das zu sagen, aber um das Ausbrechen von Seuchen zu verhindern, ist es erforderlich, diese schnellstmöglich zu beerdigen. Auch wenn eine eindeutige Identifizierung im Moment nicht möglich ist. Doch die immense Menge an Toten können wir nicht lagern. Das Wetter spielt gegen uns, denn in den kommenden Tagen soll

es Temperaturen von über 36 Grad geben. Da die Kranken-
häuser völlig überlastet sind, können wir ihnen nicht noch
zusätzliche Arbeit verschaffen, indem Kranke aufgrund von
Hitzschlägen eingeliefert werden. Ich weiß, dass diese Situation
unendliches Leid ausgelöst hat. Sie in Sorge um viele Angehörige
sind. Aber bitte: Bleiben sie zu Hause.

»WAS REDET DER IDIOT, hat er mal auf die Straßen
gesehen? Kein Mensch glaubt, was er sagt.« Ich kann
nur den Kopf schütteln.

»Er muss doch wissen, dass die Welt vernetzt ist,
dass sich Nachrichten über die sozialen Medien
rasend schnell verbreiten und das global. Auch wenn
kurzfristig das Internet oder der Handyempfang aus
war. Die Menschen wissen, dass dort im Orbit etwas
war, dass etwas auf die Erde geschossen wurde, und
sie wissen auch, dass Menschen sterben, nicht nur
durch den Tsunami. Sie bekommen doch mit, dass
Frankreich die Grenzen dichtgemacht hat. Das
Spanien und Italien viele Tote zu beklagen haben und
dass dort ebenfalls eine unbekannte Krankheit ausgebrochen ist. Das Netz ist gewiss voll davon, wie kann
der Bundeskanzler solch einen Stuss verbreiten, dass
die Hitze daran schuld sei. Das ist ... Mir fehlen die
Worte. Aber wir haben ja erlebt, was das für unfähige
Menschen sind.« Ich höre mit einem Ohr weiter zu,
was im Radio von den Behörden verzapft wird, lasse
aber meinen Blick durch den Raum wandern, der
eilig verlassen wurde. Auf einer Tafel hat uns

Altmann glücklicherweise noch eine Nachricht hinterlassen. Ich bin mir sicher, dass dies nicht erlaubt ist.
Da er erkrankt ist, ist er dem Tod geweiht, und
niemand wird ihn deswegen anklagen.

***Für den Professor. Retten sie so viele sie
können.*** Seine Code-Karte hängt dort.

»Sehr ihr, Altmann hat uns die Zugangsdaten
hiergelassen, machen wir uns an die Arbeit. Chris,
Axel hat gesagt, dass er mir ein Video zugesandt hat.
Ich gehe davon aus, dass er es an mein Handy
geschickt hat, die Nummer habe ich ihm auf dem U-
Boot gegeben, ich besitze es aber nicht mehr. Kannst
du meinen Account knacken?«

»Bin schon dabei. Mit den Passwörtern haben wir
es nicht so, Herr Professor, oder?«

»Michi, kannst du auf die Tafel schreiben, was wir
gesichert wissen? Mir hilft das immer, wenn ich es
lese, und wir können die Infos stetig erweitern.«

»Klar, bin schon dabei.«

»Und wenn du fertig bist: Kannst du Chris helfen,
ich muss mit Thomas reden, ich brauche Kontakt zu
ihm. Er nickt mir zu, wendet sich an die Tafel und
beginnt aufzuschreiben, was wir wissen.«

»Pepper, ich will hier nicht den Boss raushängen
lassen, aber wenn ihr euch umsehen würdet, ob nicht
doch noch jemand hier ist, das würde mich beruhi-
gen. Aber bitte passt mir auf, berührt niemanden und
wenn derjenige noch so um Hilfe bittet, er ist dem
Tode viel näher als dem Leben.«

»Kein Problem, Lars. Ich meine das mit dem

Boss.« Es ist reges Treiben und unsere kleine Truppe arbeitet Hand in Hand, ohne irgendwelche Listen und To-do-Punkte abzuarbeiten. Michi ist der Erste, der irgendwann zu jammern anfängt.

»Lars, ich arbeite wirklich gerne, aber ich habe Hunger. Ich kann nicht denken, wenn mein Magen knurrt.« Im selben Moment ist auch in meinen Körper ein verräterisches Geräusch zu vernehmen. Mimm meint lachend:

»Ich mach mich mal auf die Suche.« Kurze Zeit später kommt er mit leeren Händen, aber sehr ernstem Gesichtsausdruck zurück.

»Professor, ich muss ihnen etwas zeigen, kommen sie.«

Neugierig folge ich ihm.

»Mimm, was ist denn los?«

»Bitte kommen sie, das sollten sie sich ansehen.« Er führt mich durch einige Gänge, ich meine, mich zu erinnern, dass dort die Kids untergebracht waren. Dann sehe ich es und Mimm bestätigt mir das, was ich laut sage:

»Die Tür ist aufgebrochen worden, von innen.«

»Aber Altmann sagte mir doch, dass sie abgeholt und in Sicherheit sind.«

»Sorry, Lars, das sieht nicht danach aus.«

»Sie sind schlau, sie konnten sich befreien. Nur, wenn sie jetzt nach draußen sind, dann ...«

»So, wie ich das sehe, sind sie raus, leider ist das gar nicht gut. Überhaupt nicht. Aber das konnten die drei ja nicht ahnen.«

»Und wenn sie noch im Gebäude sind und sich verstecken?«

»Nein, hier ist niemand mehr, ich habe alles durchsucht. Mir ist aber etwas aufgefallen.« Neugierig sehe ich zu ihm auf.

»Die Automaten wurden aufgebrochen, zuerst dachte ich, dass doch Plünderer hier waren, aber ich denke, die drei sind schlau gewesen und haben zu Essen mitgenommen. Das wiederum bedeutet für uns, dass wir uns etwas beschaffen müssen. Es ist nur noch sehr wenig da.«

»Es gibt in diesem Gebäude sicher eine Kantine und einen dazugehörigen Vorratsraum.«

»Gute Idee. Ich werde mich umsehen. Ich begleite sie aber erst zurück in die Zentrale.« Chris sieht kurz zu uns und Michi, der wahrnimmt, dass Mimm nichts zu essen hat, und stöhnt.

»Ich geh gleich nochmal auf die Suche, Lars kann euch ja die Neuigkeiten erzählen.« Mit diesen Worten verschwindet er und kommt hoffentlich mit essen wieder, denn ich habe tatsächlich ebenfalls Hunger. Die anderen sehen mich erwartungsvoll an. Das erinnert mich daran, was wir gesehen haben.

»Lars?«

»Sie scheinen die Kids vergessen haben, sie haben die Tür von innen aufgebrochen.«

»Vermutlich sind sie nach draußen. Wenn ja ... Verdammt, wie soll ich das alles nur Marla erklären.« In diesem Moment rennt Mimm zur Tür herein.

»Kommt! Das müsst ihr sehen, ich habe Altmann

gefunden, er liegt vor der Tür hinter dem Notausgang, also draußen. Lars, er lebt noch.« Ich weiche einen Schritt zurück.

»Du bist nicht zu ihm?«

»Nein, keine Angst, ich habe die Außentür nicht geöffnet, ich war auf Sicherheitsabstand. Altmann trägt zudem einen Schutzanzug.«

»Ihr bleibt hier. Pepper, ich gehe mit Mimm, pass du auf die anderen auf. Wenn wir nicht wiederkommen, müsst ihr dafür sorgen, dass ... egal, ihr wisst schon, aber versucht, Marla zu erreichen und sagt ihr, dass ich sie liebe.« Ich renne mit Mimm aus dem Raum. Bald schon stehen wir vor der Tür, auf der groß »*Notausgang*« steht. Ich bin nervös, öffnen kann ich sie nicht. Die Gefahr ist viel zu groß. Ich sehe mich um und erkenne eine Tür, die mit zig Gefahrenschildern versehen ist, und entriegle sie. Bingo!

»Wozu nur brauchen sie hier diese Anzüge?«

»Training wäre eine Erklärung, oder sowas gehört seit neuestem in ein Regierungsgebäude zum Standard, wer weiß das schon. Ich bin froh darüber«. In dem Raum befindet sich zu meinem Glück das, was ich zu finden erhofft habe. Mimm hilft mir, mich anzukleiden, denn den Schutzanzug anzuziehen, gestaltet sich als nicht so einfach. Als ich fertig bin, stülpe ich mir noch die Kopfhaube über und wende mich zur Tür.

»Du willst da doch nicht hinaus, Lars!«

»Geh zurück, Mimm. Ich muss wissen, ob er Paul und Lisa gesehen hat. Ich öffne jetzt die Tür, aber werde nicht zu nahe zu ihm gehen. Altmann trägt auch einen Anzug und eine Maske. Er wird mich nicht anstecken können.«

»Sicher nicht?«

»Ja.«

»Du lügst mich an.«

»Nein, ja, ich bin mir nicht sicher, aber eigentlich schon. Wie soll ich mich denn anstecken? Aber ich muss mit ihm reden, will wissen, wo Lisa, Paul und Kolja sind. Mimm, ich muss da raus! Wenn er noch sprechen kann, dann ...«, im selben Moment öffne ich die Tür mit mehr Mut, als in mir ist. Trete sofort zu Altmann. Spreche ihn an:

»General, hören sie mich? Ich bin es, Lars.« Er keucht und hustet, aber dann höre ich, wie er leise flüstert:

»Professor, sie sind hier?«

»Ja, General, ich bin es ...« Er hat keine Kraft, wirkt jedoch beinahe panisch.

»Gehen sie weg von mir!«

»Ich bin geschützt. General, wo sind Paul, Lisa und Kolja? Können sie mir sagen, wo sie sind?«

»Weggelaufen. Sie waren hier. Sie ...« Er hustet wieder.

»Hier bei ihnen?« Mir wird kalt.

»Sie leben noch?«

»Ja. Aber sie sind nicht mit den anderen weg, wurden vergessen ...«

»Wie, vergessen?«

»Sie wurden zurückgelassen.«

»Man hat sie nicht mitgenommen?«

»Nein.« Wieder ein übler Husten und ich sehe durch diese Plastikfolie, die vor meinem Gesicht ist, dass er aus der Nase blutet; auch aus seinem Mund läuft Blut.

»General, ich ... ich, es tut mir leid, aber ich kann nichts tun. Ich kann nichts für sie tun ...«

»Retten sie so viele sie können, lassen sie nichts unversucht. Versprechen sie es mir. Und was auch immer im Meer ist ... finden sie heraus, was es ist. Was sie von uns möchten. Ob sie gut oder böse sind und wenn ...«, er hustet wieder:

»Dann ... tun sie alles, was möglich ist.«

»Das verspreche ich.«

»Ist Pepper da?«

»In der Zentrale, ja.«

»Das ist gut. Bitte, er soll ... bitte, es tut so weh. Sagen sie ihm, dass er es tun soll. Bitte schicken sie ihn her.«

»Was ...?«

»Schicken sie ihn zu mir, bitte. Gehen Sie.« Mimm steht bei mir und auch er könnte die letzten Worte von Altmann gehört haben. Er trägt ebenfalls einen Anzug, hat einen weiteren gefunden. Er meint zu mir:

»Keine Ahnung, was das für ein Labor ist, aber dort drinnen gibt es eine Art Dusche. Ich denke, sie sollten sich darunter stellen. Da steht was von Desinfektion.

Er will Pepper sehen.« Mimm sieht mich an.

»Er hat mir nicht gesagt, weshalb, aber er hat starke Schmerzen. Er ...«

»Gehen sie, und duschen sie sich mit dieser Lösung ab. Ich denke, es ist ein Glücksfall, dass wir so etwas hier haben. Sie ist auch noch nass, sie muss also von den anderen auch benutzt worden sein.« Mimm übernimmt das Kommando. Er schiebt mich ins Gebäude und in diese Tür und schließt sie. Ich sehe mich um und öffne in der Schleuse den Hahn mit der Aufschrift *Desinfektion*. Tatsächlich werde ich eingesprüht, aber durch das Geräusch höre ich plötzlich einen lauten Knall. Einen Schuss. Mir wird schlecht. Ich habe keine Angst, aber Trauer wandert durch mich hindurch. Nicht mal eine Woche ist vergangen und die Welt ist eine gänzlich andere. Es ... Mimm tritt zur Schleuse und lässt sich ebenfalls abduschen. Er spricht nicht und ich frage nicht nach. Als wir zurück zu den anderen gehen, sage ich nur:

»Danke.« Er weiß genau, was ich meine, nickt mir zu und wir treten ein. Und wieder haben wir nichts zu Essen mitgebracht. Doch mir scheint, Mimm benötigt etwas Ruhe. Er geht nicht mit in die Zentrale, sondern nickt mir zu und verschwindet. Alle Blicke sind auf mich gerichtet.

»Er ... Altmann ist tot.« Meine Beine sind butterweich. »Ich hoffe bloß, dass es Marla gutgeht. Das Handynetz bricht immer wieder zusammen.« Da kommt mir eine Idee.

»Hier gibt es doch sicher ein Satellitenhandy, oder? Funktioniert das noch?«

»Gibt es. Hier.« Pepper reicht es mir und sieht mich fragend an.

»Lars?«

»Ich hätte Marla längst damit anrufen können, aber ich ... ich habe mich nicht getraut und die fehlende Verbindung als Ausrede benutzt. Ich muss ihr aber sagen, was Sache ist.« Zügig tippe ich die Zahlen ein und hoffe, dass meine Freundin ans Telefon geht, habe aber gleichzeitig Panik davor, doch sie muss wissen, was los ist. Zuerst ist da nur ein Rauschen zu hören.

»Marla ... Marla, hörst du mich?« Ich bilde mir ein, leise ein »Lars« zu hören, aber ich kann mir das wegen des Rauschens auch eingebildet haben.

»Marla, du darfst nicht nach draußen gehen, es gibt eine Krankheit, die rasend um sich greift. Ihr dürft niemanden ins Haus lassen. Verschanzt euch. Und bleibt ruhig.« Ich habe keine Ahnung, ob sie mich hört, aber ich rede weiter:

»Marla, du musst tun, was ich sage. Diese Infektion ist tödlich! Lass niemanden ins Haus, hörst du? Ich liebe dich.« Von den Kindern sage ich doch nichts, ich bin feige. Nachdem ich aufgelegt habe, sehen mich alle an.

»Ich denke nicht, dass sie mich gehört hat ....« Kurz atme ich tief durch und wende mich Chris zu.

»Konntest du das Video laden?«

»Ja, war tatsächlich nicht ganz einfach, aber jetzt ist es da.«

»Hast du es schon angesehen?«

»Nein.«

»Kannst du es auf den großen Bildschirm legen?«

»Sicher, kein Problem.« Als er das Video abspielt, sehen wir alle wie gebannt auf das, was dort vor sich geht. Im grünen Licht können wir relativ gut erkennen, dass sich aus diesem Schleim lauter kleine Tiere schälen – Würmer oder kleine Fische, die Form ist nicht exakt zu definieren. Doch man kann durchaus erahnen, dass sie sich bewegen, was auch immer da geschlüpft ist. Sie kämpfen sich aus dem Schleim, schwimmen oder bewegen sich weg von der Kugel. Es sind viele, sehr viele, Millionen. Dann aber ist es dunkel. Michi findet zuerst wieder seine Stimme.

»Was zur Hölle ist das? Ich meine, das sieht seltsam aus und doch kommt es mir irgendwie bekannt vor. Es erinnert mich mehr und mehr an Frösche.«

»Wir müssen mit Kommandant Axel Mohr Kontakt aufnehmen und zwar so schnell es geht. Pepper, wie bekommen wir zu ihm Kontakt? Er ist im Wasser, also wird das mit dem Handy oder Satellitentelefon nicht so einfach sein. Außerdem sollten wir an irgendwelchen Verantwortlichen vorbei ... ich meine ...«

»Wenn er an der Meeresoberfläche wäre, ja, allerdings vermute ich, so wie sein letzter Spruch war, dass er das hier weiterhin unter Wasser beobachtet. Deshalb geht das nur über Funk und das wiederum wird ein Problem werden.«

»Wieso?«

»Die Funktürme sind bestens abgesichert und stehen in Ramsloh. Ich meine, sie sind extrem gut abgeriegelt. Sie werden von der NATO mitbenutzt, dementsprechend sind sie sehr gut gesichert und der Funk läuft ausschließlich codiert ab. Kein Zivilist oder auch nur ein normaler Soldat wird entschlüsseln können, was da gefunkt wird. Deshalb ist es ein Problem.«

»Pepper, du bist nicht zufällig gut Freund mit einem der Funker oder so?«

»Sorry, nein.« Er dreht sich zu Buffi um.

»Kennst du jemanden in Ramsloh?«

»Nein. Das sind alle seltsame Genossen. Verschlossen und seltsam.«

»Da muss ich ihm zustimmen, Lars. Das stimmt.« Ich wende mich um:

»Chris?«

»Sagt dir dieses Ramsloh was?«

»Sicher.«

»Sehr gut, denn du musst an Axel eine Nachricht schicken.«

»Das ist ein Witz, oder? Da komme ich nicht rein, Lars, das ist ...«

»Chris, du willst mir jetzt wirklich erzählen, dass du zu dumm dazu bist?«

»Du verdammter Mistkerl!«

»Also?«

»Es wird einige Zeit dauern. Außerdem hab ich eine Idee, wer uns so richtig helfen könnte, es wird sicherlich trotzdem nicht schneller gehen, mit Axel Kontakt aufzunehmen, aber ...«

»Hey, das klingt gut!«

»Na ja, das könnte sich rasch ändern. Michi, rufst du unsere Freunde an, ob sie noch Material haben und irgendwo online sind? Sie uns helfen können? Ich gehe einfach mal davon aus, dass sie noch am Leben sind. Oder Michi, hast du noch andere Infos?«

»Nein.«

»Versuchst du sie zu kontaktieren?«

»Kann ich machen, aber das andere, du meinst doch nicht wirklich *diese* Person, oder?«

»Übernimm du mein Telefon, du weißt, wen ich alles kontaktieren wollte. Ich hoffe, die Jungs sind noch am Leben. Einige waren sicher auch im Urlaub. Und ich muss diesen einen speziellen Anruf tätigen. Er wird unendlich begeistert sein, von mir zu hören.«

»NEIN, ehrlich, Chris, nicht ihn! Dass du daran überhaupt denken kannst!«

»Hast eine andere Idee?« Wir anderen sehen und hören den beiden zu, die gerade über etwas sprechen, das wir nicht wirklich verstehen.

»Nein, aber ihn! Wirklich, Chris, er hat uns einmal an der Nase herumgeführt. Wegen ihm sind wir beinahe im ...« Er sieht sich entschuldigend um »... Knast gelandet.«

»Das ist allerdings wahr, nur ...«

»Wie willst du mit ihm in Kontakt treten? Mann, Chris, das wird nicht funktionieren.«

»Er sitzt in Aachen ein, das wäre nicht so weit weg.«

»Was soll das heißen, Chris?«

»Wie gesagt, Michi. Wir brauchen ihn.«

»Bist du irre? Der Kerl ist ein Psychopath.« Ich mische mich ein:

»Von wem bitte redet ihr?«

»Von einem Genie. Jemand, der sich ins System des Pentagons einhacken kann, als wäre es ein Spaziergang, und das, ohne Spuren zu hinterlassen.«

»Du willst mir sagen, ihr kennt so jemanden, der nicht ausgeliefert wurde und im Knast sitzt, weil er das Pentagon gehackt hat?«

»Er wurde nicht deshalb verurteilt.«

»Nein?«

»Nein.«

»Sondern?« Die beiden sehen zwar zu mir, ignorieren mich aber. Chris redet weiter.

»Michi ... für ihn wäre es ein Leichtes ... du weißt, was ich meine. Er könnte den Kontakt zu Thomas und andere Dinge gewiss zügiger erledigen oder überhaupt tun, wozu wir beide zu lange brauchen werden? Die beiden reden miteinander, als ob wir Luft wären und doch lassen sie uns an dem Gespräch teilhaben.

»Er hat uns angedroht, wenn er wieder rauskommt, wird er uns umbringen, sich dafür rächen.«

»Michi, das werden ja nun die Dinger da draußen übernehmen, denkst du nicht, dass er uns womöglich dankbar wäre? Er könnte es mit eigenen Augen sehen und wir würden ihn dort rausholen, damit er seine

Neugier stillen kann. Hey, wir haben Kontakt mit Aliens oder so. Er wird ausflippen, dass er einsitzt und nicht mitspielen kann.« Ich muss eingreifen.

»Von wem bitte sprecht ihr?« Chris sieht mich an.

»Von Balthasar Roland von Neuhaus.«

»Muss mir dieser Name etwas sagen?«

»Nein, Lars. Aber du kennst sicher den Namen Sponkey738, den kennt jeder, der ...«

»Wow, ok, dieser Name sagt mir was. Dass er einsitzt, wusste ich nicht. Wem ist er auf die Füße getreten? Ach, egal, wichtiger ist, wie wir der Kerl hierher bekommen?« Michi sieht entsetzt zu mir und Chris und schüttelt den Kopf.

»Indem Michi uns in den nächsten Stunden einen Entlassungsschein oder Überführungsschein, oder wie auch immer dieser Fetzen Papier heißt, fabriziert und Pepper ihn morgen in Aachen mit dem Heli abholt.«

»Das ist in vielerlei Hinsicht riskant.«

»Stimmt, aber wenn er uns hilft, haben wir wie gesagt einige Probleme erstmal gelöst.«

»Die da wären?«

»Wenn wir niemanden finden, der uns mit Axel helfen kann, Kontakt mit ihm aufnehmen kann, ER wird es schaffen. Vor allem wenn wir ihn herausfordern außerdem wäre es für ihn ein Spaziergang Zugang zu Informationen der Amerikaner, der Russen, und mich würde auch interessieren, was in China so abläuft, zu erhalten. Er könnte uns in die Systeme hacken, Sponkey hat sicherlich einige Lecks gefunden und Türöffner installiert, von denen wir alle keine Ahnung haben. Er kann das, gebe ich zu. Er ist, was das angeht ein, Genie. Was ich ihm niemals ins Gesicht sagen würde. Je nachdem wie schnelle er das mit Axel hinbekommt könnten wir uns dann um den Kontakt zu Thomas kümmern oder er macht auch das alleine und ich helfe Michi.

»Aber ihn!« Michi ist es, der kopfschüttelnd da steht und beinahe in Panik gerät:

»Euch allen muss aber klar sein, dass dies bedeuten könnte, dass wir für immer in den Knast wandern. Ich meine, für immer und ewig. In ein Loch das tiefer ist als Axel in seinem U-Boot tauchen kann. Ihr seid alle verrückt. Alle. Wieso musstet ihr uns holen. Lars, weshalb uns?«

»Wäre es dir lieber, du würdest weiter in Lütterscheid sitzen?«

»Ja.« Pepper ist es, der nun einen kurzen Einwand hervorbringt:

»Ach ja?« Michi dreht sich zu ihm um.

»Verdammt, das geht unter die Gürtellinie, Pepper! Ich habe Hunger, ich brauch was zu Essen. Seit Stunden habe ich nichts mehr im Magen, es ist Abend und ... Ich kann nicht klar denken und ich werde ...« Chris unterbricht ihn.

»Eine DIVA reicht uns, mach dich an die Arbeit.« In diesem Moment tritt Mimm wieder zu uns. In seinen Armen hält er Essen. Sein Gesicht ist aber immer noch grau. Er ist ziemlich fertig und ich muss Pepper erzählen, was geschehen ist. Nur er wird es schaffen, ihn aufzubauen. Chris geht in den

Kommandomodus über, ich kann gar nicht anders und muss grinsen.

»Michi, los, iss was und mach dich an die Arbeit. Wenn du die Papiere fertig hast, melde dich, dann rufe ich dort an. Heute Abend können wir nichts mehr ausrichten, aber morgen früh rufe ich dort sofort an.«

»Chris, ich brauche Axel am Telefon oder Funk, und das unbedingt. Pepper, auf ein Wort. Und Michi, nimm dir was zu Essen.« Pepper tritt zu mir.

»Ja?«

»Altmann. Mimm musste es tun, aber er kommt nicht gut damit zurecht. Altmann wollte, dass wir dich rufen, aber Mimm hat die Verantwortung übernommen. Rede mit ihm, ihr seid dafür, zumindest hoffe ich es, irgendwie geschult oder vorbereitet, aber ich kann ihm da keinen Trost schenken, bitte.« Pepper sieht mich zuerst erstaunt an und danach mit ernstem Blick Mimm. Dieser nickt langsam und blickt zurück. Ein stiller Austausch. Er reicht jedem etwas zu Essen, nimmt sich selbst einen Riegel und eine Flasche Coke und setzt sich in eine Ecke.

»Mach ich.« Pepper schnappt sich ein Brot und lässt sich neben Mimm auf den Boden gleiten. Buffi sieht kurz irritiert zu den beiden, aber belässt es dabei. Sie scheinen zu ahnen, dass etwas Schlimmes passiert ist. Was für ein Durcheinander. Ich lasse Chris und Michi in den nächsten Stunden arbeiten und schlafen, denn auch das muss sein. Setze mich vor den Fernseher und suche dort nach einem Nachrichtensender. Noch scheint dies alles zu funktionieren. Wenn die Behörden etwas verstanden haben, dann, dass es keine Panik geben darf. Die öffentliche Ordnung aufrechtzuerhalten, wird schwierig genug. Von den vermehrten Krankheitsfällen wird nur am Rande etwas erwähnt. Die Konzentration der Berichterstattung liegt auf den vielen Opfern des Tsunamis und der ausdrücklichen Bitte, nicht in die betroffenen Gebiete zu fahren. Problematisch könnte es in einigen Tagen werden, wenn die Auswirkungen der zusammenfallenden Infrastruktur auf uns zukommen, wenn die Nachlieferungen der Supermärkte ins Stocken, geraten. Wenn jedoch bekannt wird, dass sowas wie Aliens gelandet sind, DANN ... Ich verstehe den Kanzler, wenn er versucht, die Menschen im Dunkeln zu lassen, aber auf der anderen Seite ist es wiederum sträflich nachlässig von ihm, nicht über die ansteckende Krankheit zu informieren. Dass er die Information über die Dinger verschweigt, die ins Meer gefallen sind, kann ich verstehen. Als ich mit den Nachrichten durch bin, wende ich mich der Tafel zu, auf der Michi bereits einige Punkte notiert hat. Ich versuche sie in eine gewisse Ordnung, zu bringen, doch kann keine Verbindung zwischen den einzelnen Punkten erkennen.

VIER

Sponkey738

TAG 5: DONNERSTAG - 19.08.

JVA Aachen.

»Guten Tag, mein Name ist Melchior Roland von Neuhaus, ich bin der Bruder von Baltasar Roland von Neuhaus. Er ist zurzeit bei euch zu Gast«, »Zu Recht«, fügt Chris hinzu. Wir alle grinsen, denn die Betonung war deutlich genug. Chris hat das anstehende Telefonat auf die Lautsprecher umgestellt, damit wir mithören können, was gesprochen wird. Ein ziemlich langweilig wirkender Beamter antwortet ihm:

»Ja und?«

»Hat man Sie denn nicht über meinen Anruf informiert?«

»Nein.«

»Sie haben sicherlich gehört, was an der Nordseeküste geschehen ist.«

»Ja, habe ich, aber was hat das mit uns zu tun? Und wer bitte soll mich über was informiert haben?«

»Unsere Familie weilte im Ferienhaus auf Sylt.« Eine kurze Pause entsteht.

»Das tut mir leid.«

»Mir wurde zugesagt, dass ich ihm persönlich mitteilen darf, dass ich meine, dass seine Eltern ... das sie ...« Chris spielt seine Rolle perfekt.

»Mir ist bewusst, dass es womöglich nicht gesetzeskonform ist, aber man hat mir versprochen, dass ich es ihm persönlich sagen darf. Bitte, kann ich nur drei Minuten mit ihm reden?«

»Einen Moment, ich frage nach.« Chris hält den Hörer zu und wendet sich zu uns. Ich meine:

»Schauspieler also auch noch? Deine Talente sind vielfältig?« Er lächelt mich an und sagt:

»Jetzt bin ich mal gespannt.« Kaum ausgesprochen ist wieder jemand in der Leitung und meldet sich zurück.

»Ich stelle Sie durch.«

»Danke, vielen Dank!« Erst wieder Stille, dann aber ist Balthasar oder Sponkey738 am Telefon. Chris begrüßt ihn entsprechend:

»Hallo, Bruderherz!« Einen Augenblick herrscht Schweigen, die er jedoch mit etwas schleppender Stimme durchbricht:

»Was willst du ... Bruder?«

»Ich muss dir eine schlimme Nachricht überbringen. Eine fürchterliche. Man hat mir erlaubt, es dir persönlich zu sagen. Du hast vielleicht mitbekommen, dass da was ins Wasser gefallen ist. Da war etwas Großes über uns, etwas, das so riesig ist, dass es sich hinter dem Jupiter verstecken kann. Ein kleineres Teil aber flog in die Nordsee und es gibt viele Fragen dazu. Mutter und Vater haben dir verziehen und auch Chris und Michi. Wenn du ihnen womöglich ebenfalls verzeihen kannst, dann könnten die beiden vielleicht dafür sorgen, dass du zur Beerdigung kommen darfst. Wäre das eine Option?«

»Der Jupiter ist groß.«

»Und weit weg, es dauerte nur Sekunden. Es ging sehr schnell.« Jeder, der den beiden zuhört, muss denken, dass hier zwei Idioten miteinander reden.

»Mutter und Vater sind jetzt in einem Raumschiff, das aussieht wie das von Star Treck. Vater war immer ein großer Fan davon, das weißt du. Er wollte ja immer in so etwas beerdigt werden.« Sponkey738 antwortet lange nicht.

»Wann soll denn die Beerdigung sein?«

»Aufgrund der Hitze bereits heute Mittag. Wir würden eine Sondergenehmigung beantragen.«

»Es wäre schön, wenn ich dabei sein könnte. Richte Chris und Michi aus, dass ich ihnen verzeihe.« Er macht eine Pause »Aber nicht vergesse.«

»Keine Spielchen?«

»Wenn es so heiß ist, wie du sagst, dann wird es keine Spielchen geben.«

»Bis später, Bruder. Ich wusste, dass du vernünftig sein wirst.« Da mir bewusst ist, dass jemand dieses Gespräch mitgehört hat, warten wir, bis derjenige, sich meldet. Es dauert nicht sonderlich lange:

»Wie bitte können Sie ihm versprechen, dass er auf die Beerdigung darf!«

»Weil unsere Anwälte längst alles in die Wege geleitet haben. Sie werden die entsprechenden Formulare im Vorfeld per Fax erhalten, die Originale werden sie von einem unserer Angestellten persönlich ausgehändigt bekommen. Ein Hubschrauber wird ihn in circa einer Stunde abholen.«

»Ein WAS?«

»Hubschrauber. Hören sie vielleicht schlecht? Wie denken sie, soll er sonst rechtzeitig nach Frankfurt kommen. Dort ist die Beerdigung. Und die Familie bezahlt den Einsatz, das wurde ebenfalls schon geklärt.«

»Also ich weiß nicht, so etwas hatten wir hier ja noch nie.«

»Außergewöhnliche Dinge geschehen und erfordern außergewöhnliche Maßnahmen. Wie gesagt, sorgen sie dafür, dass er bereit ist, es wird zeitlich ziemlich knapp werden.«

»Als ob wir nicht genug um die Ohren hätten, immer diese Extrawürste! Immerhin sind wir ein Gefängnis!« Chris legt auf und dreht sich zu den anderen, die ihn angrinsen. Michi fragt:

»Melchior?«

»Passt doch zu Balthasar.« Kopfschüttelnd sehe ich zu ihm.

»Wie weit bist du mit den Formularen? Kann Pepper mit dem Heli los?«

»Fast fertig.« Er sieht zu Pepper:

»Ihr könnt los. Wehe, ihr steckt euch irgendwo an. Ich will mit dir ein Date.«

»Wirst du bekommen.« Marlon verdreht die Augen und auch Buffi schmunzelt. Nur Mimm ist immer noch ziemlich ruhig.

»Marlon, los jetzt, lass uns den Heli startklar machen.«

ETWA ZWEI STUNDEN später betreten Pepper und sein Team die Zentrale. In ihrer Mitte läuft ein Mann, den ich mir vollkommen anders vorgestellt habe, irgendwie aber auch nicht. Ein Nerd. Ein Nerd wie er im Buche steht. Er sieht harmlos aus. Noch weiß ich nicht, weshalb er eingesessen hat. Aber es muss etwas Heftiges gewesen sein. Michi meinte, er hätte fünf Jahre bekommen. Er geht zielstrebig auf die Tafel zu.

»Ich will die Bilder sehen. Sagt mir, dass ihr ein Bild von diesem Raumschiff habt. Außerdem benötige ich einen PC und will wissen, was ich tun soll.« Als Chris das Bild des Raumschiffes auf den großen Bildschirm legt, keucht nicht nur dieser Sponkey738 auf. Nein, auch Pepper und seine Kollegen, die diese Bilder bisher nicht in dieser Größe zu Gesicht bekommen haben.

»Das ... das ist echt? Ihr verschaukelt mich nicht?« Chris ist es, der antwortet, es ausspricht:

»Ja, und nicht nur das.« Er lässt das Video laufen, das wir im U-Boot gemacht haben, und redet weiter:

»Es hat diese Teile ins Meer geschossen und ist danach verschwunden.«

»Wohin?«

»Wissen wir nicht.« Chris spricht weiter:

»Ich habe versucht, mich in die Teleskope zu hacken, aber sie haben es irgendwann bemerkt und mich rausgeschmissen.« Das wiederum lässt Sponkey738 abfällig zischen.

»Stümper.«

»Ok, ja, ich gebe es zu das ich zu doof war, wenn es dir hilft, aber ich oder anders gesagt, wir haben dafür gesorgt, dass du hier bist. Wir vermuten, dass sich, was auch immer hinter dem Jupiter verkrochen hat. Doch ob dem so ist − keine Ahnung. Aber da ist noch etwas, eine Seuche, die extrem tödlich ist. Das wird von den Medien zwar größtenteils noch geheim gehalten, doch ich bin sicher, dass es sich längst herumgesprochen hat. Ob es mit dem, was ins Meer geschossen wurde, zusammenhängt, können wir nicht sagen. Wir hatten nicht genügend Zeit, um an weitere Informationen zu kommen. Die Regierungen machen alle dicht, auch unsere kocht ihr eigenes Süppchen.«

»Du hast mehrere Geschosse erwähnt.«

»Richtig. Gesichert sind bisher drei. In der Nordsee, im Mittelmeer vor Italien und im Amazonas. Im Netz geht noch herum, dass es in Russland ebenfalls eine Explosion gab, allerdings vor den Einschlägen jetzt und China hat seltsamerweise alles dicht gemacht. Vielleicht wissen die mehr. Mehr von dem, was da oben abgeht oder mehr von dem, was in Russland los ist. Michi und ich wissen viel, aber uns beiden ist nicht bekannt, dass China eine Sonde im Orbit hat, die Richtung Jupiter fliegt. Das wäre uns allen doch nicht entgangen. Gut, es könnte sein, dass sie vor vielen Jahren auf die Reise geschickt wurde, doch davon hätte ich irgendwann einmal was gelesen.«

»In Ordnung, war das erst mal alles?«

»Ist dir das etwa zu wenig?«

»Mach keine Witze, deine waren noch nie lustig. Also, wo liegen die Prioritäten?« Ich mische mich ein.

»Chris, kannst du Thomas erreichen?«

»Ja, das bekomme ich, denke ich, hin.«

»Na dann, Sponkey ... oder soll ich Balthasar sagen?«

»Bloß nicht.«

»Also, wir brauchen Zugriff auf ein Observatorium, damit wir mitschauen können, was die NASA oder wer auch immer das Sagen hat sich ansieht. Und wir benötigen Infos, was sie wissen, ob ihnen klar ist, dass das, was im Meer schwimmt, lebt. Wir brauchen alles an Informationen, was wir kriegen können. Doch zuallererst benötige ich Kontakt zu Axel ins U-Boot. Ich muss wissen, was da ausgeschlüpft.« Wie auf Kommando beginnen die drei auf ihren Tastaturen zu tippen. Auf den Bildschirmen ist keine der üblichen Oberflächen zu sehen, die ein Anwender normalerweise sieht, sondern nur Buchstaben oder Zeichen und blauer Hintergrund. Sie sind im blauen Nichts unterwegs, im Darknet, im Dunklen. Wer nun was macht, weiß ich nicht, aber sie scheinen zu wissen, was sie tun. Pepper und Buffi versuchen, Kontakt mit ihren Kollegen in Eckerfjorde aufzunehmen. Ich hoffe, dass dort noch jemand lebt..

FÜNF

Axel

TAG 6: FREITAG - 20.08

KEINE AHNUNG, WIE LANGE ES DAUERT, ABER plötzlich höre ich über die Mikrophone Axels Stimme.

»Professor, sind Sie das?«

»Ja, Axel. Zum Glück geht es Ihnen gut.«

»Hören Sie mich?«

»Hervorragend, waren wir nicht schon beim Du?«

»Professor, oder Lars, ich mache es kurz, denn ich will wieder tauchen. Du solltest es sehen, was hier abgeht. Das ist der Wahnsinn. Die Wesen oder Tiere oder was auch immer sie sind, sie sehen aus wie Kaulquappen, nur um einiges größer. Dieser Schaum, es war, wie ihr Kollege sagte, eine Art Laich, und jetzt schwimmen hier Abertausende von diesen Kaulquappen herum, aber das ist noch nicht alles, es ist ... Du wirst es nicht glauben, da du es nicht sehen kannst, aber hier ist quasi ein Festmahl im Gange.

Das große Fressen. Ich wusste nicht, dass die Nordsee so viele Lebewesen beherbergt.«

»Wie meinst du das?«

»Sie stürzen sich auf diese ausgeschlüpften Teile, diese werden zu Hunderten gefressen, aber ...«

»Stopp! Wie, gefressen? Ich meine, diese Kugel reagiert nicht darauf?«

»Nein, das ist ja das Seltsame. Nur wenn ein Fisch dem Laich zu nahe kommt, dann blitzt es.« Was würde ich jetzt dafür geben, dort zu sein und das mit eigenen Augen zu sehen.

»Sie macht überhaupt nichts? Aber, Axel, du filmst?«

»Natürlich filme ich und im Moment wird ein Upload gemacht. Du müsstest bald etwas im E-Mail-Postfach haben. Und nein, sie tut nichts, wie gesagt, nur wenn ein Tier dem Laich zu nahe kommt, dann passiert das, was unserem Roboter geschehen ist. Sie wehrt die Räuber ab und das muss sie im Moment oft tun. Sie pulsiert richtiggehend. Ein Blitz nach dem anderen ist zu erkennen. Es ist, es ist faszinierend und gleichzeitig verstörend und ... Lars, du müsstest das sehen, es ist unglaublich, was sich hier abspielt.« Seine Worte sickern langsam in mein Gehirn. Es arbeitet auf Hochtouren. Endlich finde ich wieder meine Stimme:

»Diese Kugel beschützt den Laich mit all ihren Mitteln, aber die ausgeschlüpfte Brut lässt sie unge-schützt? Was macht das für einen Sinn? Ich meine ...

die Brut wird verteidigt, die Kinder nicht?« Michi ist es, der meinen Gedanken folgt und sie ausspricht.

»Es sind viele, die gleichzeitig ausschlüpfen. Tausende oder mehr. Das ist doch so, Axel, oder?«

»Richtig. Es sind unzählige.«

»Und sie schlüpfen zur selben Zeit. Oder zumindest zu ähnlicher Zeit?«

»Auch das ist richtig.« Chris meldet sich.

»Ich lege das Video auf den Bildschirm.« Wir staunen wirklich, bei dem was wir zu sehen bekommen. Als wir am Montag dort unten waren, war bis auf diese Kugel im Prinzip alles leer. Die Kugel und etwas Laich oder Schaum, aber das jetzt … Wow!

»Axel, das sind aber …« Michi ist es, der weiterspricht.

»Es sind viele, megaviele.« Der Bildschirm ist voll von diesen kleinen Dingern, ich nenne sie jetzt auch mal Kaulquappen. Klein ist sowieso relativ, denn sie sind nicht wie die Kaulquappen ein halber Zentimeter groß, sondern eher zehn oder gar zwanzig. Deshalb ist es fraglich, ob wir sie wirklich so nennen sollten. Doch irgendwie passt der Name trotzdem. Ich wende meinen Blick wieder zum Bildschirm. Dazwischen sind Fische in allen Größen zu sehen. Nur an der Brutstätte selbst wehrt die Kugel mit vielen Blitzen alles ab, was ihr zu nahe kommt. Selbst Sponkey, der in den vergangenen Stunden nur in seine Tasten gehackt hat, ruft:

»So ein Müll.« Er blickt wie erstarrt auf den Bildschirm. Michi ist es, der weiterredet:

»Lars, das erinnert mich an etwas. Das gibt es doch bei uns in der Natur ebenfalls, denk an die Weihnachtsinseln, diese roten Krabben, die ich eigentlich nur auf meinen Teller gut finde. Aber das Schauspiel, das sie da jährlich zeigen, ist doch irgendwie ähnlich gelagert, oder? Und es gibt viele weitere Beispiele in der Natur.«

»Du meinst, dass sich alle gleichzeitig auf den Weg machen, ins Meer hüpfen, ihre Eier ablegen und die männlichen Tiere ihren Samen. Die vielen Millionen Eier, die so ins Meer gelangen, sind ein ähnliches großes Fressen für die Fische wie jetzt das hier. Du hast recht, es kommt ein gewisser Prozentsatz durch, der das Überleben der Rasse garantiert. Es gibt Feinde, aber genügend werden durchkommen. Weil es eben so viele sind.«

»Eben.«

»Wenn dem so wäre, Michi, dann, aber ... dann ...« Kurz gehe ich in mich, sehe überrascht auf, denn ein Gedanke ist da in meinem Hirn aufgetaucht, der so abwegig ist, dass ich mich zuerst nicht traue, ihn laut auszusprechen. Chris, der bisher ruhig dagesessen und zugehört hat, ist es, der es ausspricht. Ein kluger Kopf.

»Wenn sie so eine Strategie verfolgen, macht vieles Sinn. Sie sehen uns Menschen als ihren natürlichen Feind an. Im Meer ist die Brut durch diese Kugel gut geschützt. Es gibt genügend Nahrung. Zudem werden aufgrund der Masse einige oder viele von ihnen reifen und wachsen, sich zu was auch immer entwickeln. Da stellt sich mir noch die Frage, wie groß diese Viecher wohl werden? Und was auch immer sie vorhaben, ob sie eine Intelligenz haben oder nicht, sie treffen auf uns, sobald sie an Land sind.«

»Chris, Sie müssen doch eine Intelligenz besitzen, sonst können sie niemals diese Raumschiffe bauen. Maximal sind sie die Vorhut, um ...«

»Um was, Lars?« Ich drehe mich zu Michi um.

»Keine Ahnung.«

»Und weshalb dieses Bakterium?« Ich überlege weiter und spreche laut aus, was in meinem Gehirn vorgeht. Oft kann ein anderer einen Gedanken weiterspinnen oder kommt so auf eine Lösung, an die ich nicht gedacht habe.

»Sie haben Angst vor uns, deshalb. Das ist ihr chemischer Kampfstoff, um uns zu töten.«

»Du meinst, sie wollen uns schwächen oder sogar ganz neutralisieren.«

»Zumindest in Panik versetzten und ein völliges Chaos schaffen.« Ich führe seinen und meinen Gedanken weiter. Das ist Brainstorming, so wie es mir gefällt:

»Aber ... wenn dem so ist, sie uns als Gefahr ansehen, dann haben sie uns auch als Wesen mit einer Intelligenz wahrgenommen und nicht als Ameisen und es gibt zumindest eine Chance. Sie reagieren wie Lebewesen hier auf der Erde, das ist Evolution. Doch ich versteh den Sinn nicht. Sind diese Wesen eine Vorhut? Eine Art Waffe? Wurden sie von einer anderen Spezies gesandt, um uns auszulöschen? Ist das Bakterium deshalb ausgesetzt worden?« Ich sehe auf die Tafel und Michi hat eine durchaus interessante Idee:

»Was ist, wenn es eine Art Parasit ist, den sie miteingeschleppt haben, sie aber überhaupt nicht wissen, was sie damit angerichtet haben?« Chris führt erst mal meinen Gedanken weiter:

»So, wie du es sagst, Lars, diese Waffentheorie, die hört sich für mich logisch an. Denn wenn die Erde eine Art Kinderstube für diese Wesen ist, wieso kommen sie nicht aus ihrem Raumschiff und sorgen für ihren Nachwuchs, weshalb lassen sie ihn alleine?« Ich führe seine Überlegungen weiter:

»Weil sie hier nicht leben können? Weil ihre Nachkommen keine Eltern benötigen?« Sponkey, der interessiert zugehört hat, fügt hinzu:

»Lars, du meinst also, nur die Kinder können hier existieren? Aber weshalb das alles? Sie müssen uns um Jahrhunderte voraus sein. Sieh dir doch nur dieses Raumschiff an. Und dann sollen sie nicht in der Lage sein, ihre Kinder aufzuziehen? Und dieser andere Gedanke, dass sie Angst vor uns haben, das macht doch alles keinen Sinn. Sie bauen Raumschiffe, die in Sekunden verschwinden können. Das mit der Waffe ist in meinen Augen die stimmigste Idee. Sie sind hier, weil sie die Erde oder zumindest gewisse Ressourcen von hier benötigen.«

»Stimmt.« Jeder von uns brütet vor sich hin, überlegt. Wir kommen so nicht weiter. Ich erinnere mich, dass Axel ja noch immer zuhört und wende mich an ihn.

»Sag mal, Axel, konntest du erkennen, in welche Richtung der Schwarm schwimmt? Haben sie ein Ziel? Agieren sie überhaupt als Schwarm oder sind es eher einzelne Individuen? Wandert jeder von ihnen auf seine eigene Art los oder kommunizieren sie irgendwie?«

»Sie schwimmen in der Gruppe und definitiv Richtung Küste, vermutlich zur niederländischen oder deutschen Küste.«

»Sie nehmen also den kürzesten Weg an Land. Sie haben sich nicht geteilt?«

»Nein, haben sie nicht. Aber sie werden wie gesagt begleitet von vielen *Freunden*.«

»Axel, kannst du uns etwas zu der Geschwindigkeit, mit der sie Richtung Küste schwimmen, sagen, und wenn möglich auch, wie viel Zeit uns bleibt, bis sie das Land erreichen?« Es ist erst mal still. Er meint dann:

» Moment, Lars, das muss ich abklären.« Er redet mit jemanden.

»Lars, wir haben die Viecher beobachtet und unser Augenmerk auf dieses Ausschlüpfen und die Kugel gelegt, aber wenn ich ehrlich bin, haben wir nicht daran gedacht, auf die exakte Richtung zu achten, in die sie schwimmen. Aber wir können das berechnen. Sollen wir ihnen folgen?« Chris sieht mich an und sagt:

»Über das Sonar kann er uns die Entfernung vielleicht anzeigen. Sie werden nicht so weit weg sein, oder? Und dann können auch wir diese Berechnung anstellen.«

»Axel, hast du das gehört?«

»Ja, und auf diese Idee bin ich auch schon gekommen. Wir sind dabei, ich kann euch die Information in Kürze geben. Lasst meinem Techniker einen Moment Zeit, dann erhaltet ihr die exakten Koordinaten und die ungefähre Geschwindigkeit.« Ich sehe zu Chris, Michi und Sponkey.

»Wir müssen unbedingt Thomas kontaktieren. Ihn in unsere Überlegungen mit einbeziehen und wir sollten versuchen, an Forscher zu gelangen, die nicht nur ein Mittel gegen dieses Bakterium suchen, sondern auch dieses ETWAS im Wasser näher betrachten können.«

»Und wie sollen sie das tun, ohne eines zu HABEN?« Ich sehe zu Michi, der die Frage gestellt. Axel ist immer noch am Telefon und über Lautsprecher ist er unserer Unterhaltung stillschweigend gefolgt.

»Du willst echt Aliens in deine Gewalt bekommen?«

»Ich nicht, aber Axel, der muss welche einfangen. Allerdings sollten wir sie hierher oder in eines der Labore bringen, um sie zu untersuchen.« Axel äußert sich nicht zu meinem Gedanken. Zum Alien-Jäger ernannt zu werden, hat auch was. Pepper meldet sich zu Wort:

»Und wenn sie in friedlicher Absicht gekommen sind?« Ich sehe zu ihm und rufe:

»Dann haben sie sich ziemlich blöd angestellt. Sie haben Hunderttausende, wenn nicht Millionen Menschen auf dem Gewissen. Dass wir nicht mit kuscheln darauf reagieren, dürfte ihnen, wenn sie so intelligent sind, klar sein.«

»Und wenn sie ...«

»Michi, was soll denn noch passieren? Wir haben keine Ahnung, was aus diesen Teilen im Wasser wird. Monster, Frösche oder vielleicht doch nur Fische? Oder zwei Meter große Aliens oder, oder ...? Wir müssen mit anderen klugen Köpfen in Kontakt treten. Chris, wen kennt ihr in den USA und in Brasilien? Wen könnten wir anzapfen. Ich wüsste zu gerne, ob die Menschen im Amazonas auch sterben. Und ich will wissen, ob sie dort auch ausgeschlüpft sind.«

»Sponkey, zu was bitte haben wir dich hergeholt, wir benötigen Ergebnisse!«

»Hey, ich hab' den Kontakt zum U-Boot hergestellt!« »Stimmt, entschuldige.« Ich sehe ihn an.

»Wir können doch auch weiter auf dich zählen?« Ohne etwas zu antworten, dreht er sich zum PC um, haut wieder in die Tasten. Murmelt jedoch laut und deutlich:

»Ich werde nicht mehr in den Knast gehen ... nicht freiwillig.«

»Das wird nicht passieren und wenn, dann sorgen wir dafür, dass wir alle zusammen in eine Zelle gesteckt werden. Michi, ich brauche Informationen über Speziallabore, die solche Dinger erforschen und die schnell sind. Wo könnten wir Exemplare hinbringen?«

»Von den Dingern? Quasi Aliens? Ich glaube nicht, dass es sowas in Deutschland gibt.«

»Ich meinte, um herauszufinden, ob sie ansteckend sind. Ob dieses Bakterium von ihnen ausgeht.«

»Ingelheim? Oder Leverkusen? Ich denke, wir haben einige Firmen, die für solche Dinge eingerichtet sind. Aber ob sie sowas einfach so tun werden, ist eine andere Sache.« Ohne ihm zu antworten, wende ich mich an Pepper:

»Pepper, du hast doch in Eckerfjorde jemanden erreicht. Was meinst du, habt ihr einen verlässlichen Kontakt, dem ihr vertraut und der einen Heli klauen würde?«

»Ich werde mich darum kümmern. Zumindest leben noch ein paar der Leute dort. Sie wurden in Alarmbereitschaft gesetzt, man hat ihnen jedoch nicht viel mitgeteilt. Meine kleinen Ausführungen haben nicht unbedingt dazu beigetragen, Ruhe zu bewahren. Was sollen sie tun?«

»Zum U-Boot fliegen und das, was Axel einfängt, zu uns bringen.« Jetzt ist Axel ganz Ohr.

»Ich fange etwas ein?«

»Axel, ihr müsst uns ein paar dieser Teile einsammeln. Schaffst du das?« Er atmet schwer.

»Lars, ich habe die Verantwortung für viele Männer hier unten.«

»Ich weiß, aber wir brauchen Informationen. Du

warst es doch, der so mutig war und dort blieb, um weiter zu beobachten Ohne dich wüssten wir nicht, was dort abgeht.« Er atmet ein paar Mal tief durch.

»Sorgt dafür, dass jemand diese Teile holt, ich will sie nicht lange im Boot haben. Wer weiß, wie schnell sie wachsen und wie ansteckend sie sind, oder was sie tun, wenn sie bemerken, dass sie eingefangen wurden.«

»Pepper, könnt ihr die Organisation für den Flug zum U-Boot übernehmen? «

»Geht klar.«

»Chris, wie sieht es aus, hast du Thomas erreicht?«

»Nein. Die USA haben sich völlig abgeschottet, vor allem aber dieses Observatorium, weswegen auch Thomas nicht erreichbar zu sein scheint. Ich bin immer noch dabei, eine Lücke zu suchen, um ihn zu erreichen. Kann nicht mehr lange dauern.«

»Abgeschottet? Das wird nicht funktionieren. Es kommt immer jemand über die Grenze. Sie werden es nicht aufhalten können.«

»Na ja, ich meinte jetzt erst mal technisch. Internet, Handyempfang usw. Ob die Grenzen zu Mexiko auch dicht sind, weiß ich noch nicht. Möglich wäre es sicherlich.« »Aufhalten können sie damit nichts, aber ich denke, dass sie es zumindest deutlich verlangsamen können. Zumindest den Informationsaustausch und sollten Menschen sterben auch die Ausbreitung der Krankheit. Die Zahlen, die du diesen ignoranten Idioten von der Regierung gegeben hast, waren rein rechnerisch zwar richtig, aber so wird es nicht funktionieren. Nicht jeder wird einen anderen anstecken, wenn sie erst mal eingesperrt, krank oder tot sind.«

»Dachte, es klingt so dramatischer. Aber hat ja auch nichts genützt.«

»Sie wollten es nicht verstehen.«

»Lars, was denkst du, wo kommt dieses Bakterium her?« »Wenn es von Wangerooge aus losging, muss dort auch der Herd sein. Entweder wurde es mit der Kugel ins Meer geschossen, oder es gab noch ein kleineres Artefakt und dieses ist wann auch immer aufgegangen und hat ihre tödliche Fracht abgeladen. Das wäre dann Vorsatz. Chris, wir wissen nichts über das, was über uns schwebt oder wo es hingeflogen ist. Wenig bis gar nichts. Alle Vorteile liegen im Augenblick bei der Gegenseite. Alle! Wir sollten also schnellstmöglich versuchen, das Gleichgewicht zumindest im Ansatz wiederherzustellen.«

SECHS

Köln

TAG 5: FREITAG - 19.08.

»Okay. Ihr habt Axel gehört. Diese Dinger schwimmen also alle in einer Art Schwarm Richtung Küste und zwar in Massen. Wir haben keine Ahnung, was der Schwarm wirklich beinhaltet oder zu welchem Zweck er hier ist. Wir wissen nur, dass er aus diesen »Kaulquappen« besteht und Fische aller Art diese Lebewesen begleiten und fressen. Wie hat Axel es formuliert: »DAS große FRESSEN« ist angesagt. Wir müssen wissen, wann sie an Land treffen und auch wo. Ihr müsst dabei aber die Flut und die Meeresströmung mit einberechnen. Aber so wie ich das sehe, werden sie in spätestens zwei Tagen an der deutsch-niederländischen Küste an Land gehen und das wiederum bedeutet, dass uns die Zeit davonläuft. Außerdem haben wir ja keine Ahnung, wie es im Mittelmeer oder Amazonas ausschaut. Da sie zum ähnlichen Zeitpunkt eingeschlagen sind, gehe ich davon aus, dass auch die Brutzeit ähnlich ist. Nun kommt es darauf an, in welche Richtung sie dort schwimmen. Die Meeresverhältnisse oder Strömungen sind im Mittelmeer ja gänzlich anders als in der Nordsee. Außerdem vermute ich, dass dort noch niemand nachgesehen hat, was überhaupt ins Meer gefallen ist. Die haben mit dem Tsunami und den Folgen zu tun. Dazu die Hitze, die in diesen Tagen auch im Süden jedes Thermometer sprengt. Ich will mir überhaupt nicht mal vorstellen, wie es dort abgeht. Wenn die Leute nicht durch den Tsunami umgekommen sind oder an diesem Bakterium, dann gewiss an den Folgen. Sei es durch die Hitze oder durch die hygienischen Zustände dort. Wenn wir nichts unternehmen, wird uns das, was demnächst irgendwo auf Land trifft, überrollen und ehrlich gesagt habe ich zum ersten Mal seit Tagen die Hosen so richtig voll. Mehr noch vor dem, was uns erwartet, als vor dieser Krankheit. Sie werden auf keinerlei Gegenwehr treffen – nichts. Vielleicht wundern sich die Menschen an Land darüber, was da für eine Masse von Tieren angeschwemmt wird und ob dieser Tsunami der Grund dafür ist. Doch wer von ihnen wird daran denken, dass es sich um Aliens handelt. Wenn wir niemanden informieren, wird es überhaupt keine Gegenwehr egal welcher Art geben. Noch schlimmer dürfte die Situation im Amazonas sein. Sollten wirklich Menschen in der Nähe des Einschlages gewesen sein, sind sie sicherlich längst tot. Durch den Regenwald fährt man nicht mit dem Auto und krank durch das Gehölz zu laufen, wird nicht lange gut gegangen sein. Hier können sie sich meiner Meinung nach ungehindert ausbreiten.«

»Du hast recht, Lars, aber wie? Sie können schwimmen und atmen vermutlich über Kiemen. Denkst du, sie entwickeln sich in diesen wenigen Stunden zu etwas, das an Land existieren kann? Mit Flossen werden sie sich schwerlich fortbewegen können.« Sponkey meldet sich.

»So lange ihr Hypothesen entwickelt habt und euch vor Angst in die Hosen scheißt, habe ich mal ein wenig gerechnet. Diese Viecher werden nach jetzigem Stand in drei Tagen an Land treffen.«

»Wo?«

»Den Strömungen nach werden sie im Bereich Langeoog auftreffen. Wenn Flut ist, etwas weiter hinten bei Benersiel. Aber das ist mit vielen Spekulationen verbunden. Wenn sie auf einer Insel an Land treffen, dann sitzen sie da fest. Irgendwie. Zumindest nach meinen aktuellen Berechnungen.«

»Hast du vielleicht den Einschlag im Mittelmeer auch berechnet?«

»Nein, wie könnte ich auch, du hast selbst gesagt, es gebe keine Informationen dazu, deshalb wäre eine Berechnung reine Spekulation.«

»Und wenn du genau das tun würdest?«

»Dann schwimmen sie den kürzesten Weg und werden in der Gegend um Toulon an Land treffen. Aber Lars, diese Information ist pures Raten.«

»Also haben wir eigentlich keine Chance.«

»Was das Mittelmeer angeht, nein. Die Nordsee

… mal sehen, wie unsere Regierung das Video einschätzt, wenn du es ihnen weiterleiten wirst. Und im Amazonas? Keine Ahnung, ob die Amis gleich ein Flugzeug losschicken, um eine Bombe abzuwerfen, wenn sie davon Kenntnis bekommen, was da auf sie zukommt. Wobei ich sagen muss: Wenn die Viecher böse sind, wäre das nicht die schlechteste Idee.«

»Michi, du siehst so nachdenklich aus. Was denkst du, haben sie vor?«

»Keine Ahnung, Lars, aber wenn sie sich verstecken müssen, um zu wachsen, dann wäre der Einschlag im Amazonas der beste Ort dazu.«

»Also doch eine Bombe«, murmelt Sponkey.

»Warum aber dann Europa?«

»Zufall? Oder womöglich sind wir die Querschläger? Lars, ich hab keine Ahnung. Wenn wir nochmal zum Anfang zurückgehen, zur Nahrung oder zu den Reserven, dass sie das Methyl-Eis gebraucht haben, um Wärme zu erzeugen und sich so weit zu entwickeln, dass sie ausschlüpfen können. Jetzt aber brauchen sie was zu Fressen. Sie müssen sich ja von irgendetwas ernähren. Wir sind in erster Linie davon ausgegangen, dass das Bakterium die Menschen tötet und sie die Menschen dann womöglich fressen werden. Dann wäre der Einschlag im Amazonas eher der Querschläger, da sie dort nicht besonders viele tote Menschen vorfinden werden. Genauso wie in Sibirien; auch da gibt es nicht massenhaft Menschen.«

Ich brauche Thomas am Telefon. Sponkey, Chris, wie sieht's aus.

SIEBEN

Sponkey738

»Wir sind dran. Ich will ja nichts sagen, Leute, aber wenn dieses Bakterium so tödlich ist, sollten wir in diesem Fall nicht dafür sorgen, dass wir genügend Antibiotika hierher bekommen? Ich habe gelesen, dass Cetracycline und oder Ceftriaxon helfen könnten, zumindest gegen diesen anderen Stamm. Außerdem sollten wir VibrioNet kontaktieren. Am besten durch den Hintereingang, ich habe irgendwo mal gelesen, dass sie daran forschen und ich hätte ehrlich gesagt gerne möglichst schnell ein Medikament dagegen hier. Sterben ist wirklich nicht das, was ich anstrebe. Wenn die in Berlin, wie ihr sagt, dichtgemacht haben, kann es gut sein, dass sie so schlau oder fies sind, ihre Informationen dahingehend ebenfalls nicht mit der Welt zu teilen, bis sie genügend von den besagten Antibiotika gehortet haben. Ich will ihnen ja nichts unterstellen, aber American First und Europa oder Germany First hört sich sicherlich für gewisse Personen in einer derartigen Situation nicht schlecht an. Vor allem wenn es gilt, ihren eigenen Arsch zu retten.« Ich sehe zu Sponkey, der, seit er hier ist, noch nie so viel am Stück gesprochen hat:

»Du hast recht. Verdammt, wir sind einfach zu wenige: Wie bitte können wir so überheblich sein zu glauben, dass wir die Welt retten oder herausfinden können, was los ist, um die Menschen da draußen zu informieren ... und dann die Kinder meiner Freundin, wo nur sind sie hin?« Sponkey wendet sich erneut an uns:

»Außerdem, ich will ja nicht noch mehr Panik verbreiten, doch ich finde, wir sollten Diesel besorgen, damit wir eine unabhängige Stromversorgung haben. Wenn der Strom ausfällt, dann sind wir am Arsch. Denn ohne PC geht nichts mehr. Wenn das passiert, sind wir geliefert. Ich möchte dieses Raumschiff sehen, mit eigenen Augen, und ich will wissen, was aus diesen Kaulquappen wird, auch wenn es nichts Guten sein kann.« Michi, der Sponkey nicht gerade leiden kann, meint:

»Das hört sich so an, als ob du eine Idee hast?«

»Ich werde ein paar weitere Hacker anschreiben und sie bitten, uns zu helfen, an Informationen zu gelangen. Speziell was die Behörden in Russland wissen oder die in den USA vorhaben. Das wiederum werden sie nicht ohne Gegenleistung tun.« Er sieht Michi direkt an:

»Deshalb werdet ihr alle wegsehen, wenn ihr

etwas seht, was ihr nicht sehen sollt.« Michi ruft laut aus:

»Ich hab' euch gewarnt, hab ich es nicht gesagt!« Sponkey antwortet ihm augenblicklich:

»Ich will meine Belohnung und die hole ich mir.«

»Aber nicht so wie damals. Hast du gehört? Wenn du uns da mit reinziehst oder benutzt, mach ich dich fertig. Oder ich sage Pepper, dass er dich erschießen soll und zwar BEVOR du das Raumschiff zu Gesicht bekommst! Er würde das tun.« Pepper meint lachend:

»Würde ich?« Chris fügt hinzu:

»Was Michi sagen will, Sponkey hat Gelder abgefischt und er dachte, dass die UFO-Zentrale der ideale Bösewicht sei. Dass wir, die Verrückten, endlich auch etwas vom Kuchen abhaben möchten. Es war knapp, richtig knapp. Wir wurden angeklagt, aber wir konnten dir diesen einen kleinen Fehler nachweisen. Deshalb sag noch einmal Stümper zu mir!.« Sponkey verteidigt sich, indem er laut ruft:

»Ihr hättet euren Anteil erhalten!« Michi antwortet ihm jedoch wie aus der Pistole geschossen:

»Wir sind keine Kriminellen, Sponkey, außerdem sah es nicht so aus, als würdest du irgendeinen Anteil mit uns teilen. Du wolltest uns im Knast sehen. Darauf konnten wir beide gut verzichten.«

»Natürlich seid ihr kriminell! Tut bloß nicht so, als ob ihr gesetzestreue Mitbürger wärt.«

»Du hast in diesem Punkt recht, aber wir bereichern uns nicht. Wir klauen nur Wissen, kein Geld oder sonstige Vermögenswerte. Außerdem sind das

Informationen, die unserer Meinung nach alle etwas angehen. Doch wir erpressen niemanden damit, wir fischen kein Geld ab, das wir in Bitcoins oder eine andere Cyberwährung umtauschen oder auf einem Nummernkonto auf den Cayman Islands oder sonst wo horten. Deshalb unterschätze uns nicht. Wenn du nicht möchtest, dass wir ein Team sind, du dein eigenes Süppchen kochen willst, dann verzieh dich. Wir haben dich zwar rausgeholt, aber mehr auch nicht.« Sponkey sieht lange zu uns und ich bin überrascht, dass Michi ein derartiges Auftreten an den Tag legt. Ich habe ihn unterschätzt. Er mag ängstlich gewesen sein, als er im Heli gesessen hat und auch, als er sich abseilen sollte, er mimt die Diva, wenn er Hunger hat und er isst gerne, aber er scheint ein rechtschaffener Mann zu sein und wenn es sein muss, teilt er seine Meinung klar und deutlich mit. Es ist interessant, aber Sponkey dreht sich zu seinem PC um, als ob nichts gewesen wäre, und arbeitet weiter. Er hat jedoch mit zwei Dingen absolut recht. Wir brauchen Nahrung, Antibiotika und Diesel. Und mehr Hilfe. Wir werden die Welt nicht retten können, nicht allein, jedoch können wir vielleicht die notwendigen Informationen sammeln und dadurch viele Zuhörende . vor dem warnen, was auch immer noch kommen mag.

»Pepper?«

»Ja, Lars.«

»Könntet ihr euch um Dinge wie Kraftstoff in Form von Diesel und Nahrung kümmern? Ich helfe euch wirklich gerne, wenn ihr Hilfe benötigt, aber ich muss ein paar Minuten zur Ruhe kommen und nachdenken und das kann ich nur, wenn ich ein wenig Zeit für mich habe.«

»Sicher. Mimm? Bleibst du hier oder kommst du mit? Es wäre für mich in Ordnung, wenn du eine Pause brauchst.« Buffi und Marlon blicken erstaunt und auch fragend zu Pepper und Mimm. Der wiederum steht auf und meint:

»Nein, es geht. Sehen wir mal nach, ob es hier nicht im Keller eine Art Tank mit Generator gibt. Ich kann mir schwer vorstellen, dass das Institut nicht auf solche Notfälle vorbereitet ist.«

»Du hast recht.« Marlon und Buffi fragen nicht nach, was Pepper meinte in Bezug auf Mimm. Ich denke, die vier sind ein eingespieltes Team und sie werden miteinander kommunizieren, wenn die Zeit reif ist. Als sie weg sind, ist es Sponkey, der sich meldet.

»Ich will ja nichts sagen, aber ...«

»Ja? Dein Thomas wird ordentlich abgeriegelt, ist er so ein hohes Tier?«

»Würde ich nicht meinen, er ist ein guter Freund von mir und arbeitet am Mauna Kea Institut. Das Observatorium dort ist in der Lage, mithilfe besonderer Geräte Vorgänge im All zu beobachten und deswegen hat es sicherlich auch das Raumschiff aufgenommen. Sollte es noch irgendwo da draußen sein, würden sie es im Blick haben und die Aufzeichnungen speichern. Vor allem aber habe ich ihn zuerst kontaktiert, als wir es gesehen haben und ich habe die Fotos, die ich gemacht habe, an ihn weitergeleitet.«

»Weshalb?«

»Weil er Zugriff auf dieses geniale Teleskop hat und ich ihn kenne. Er hat sicherlich erstaunliche Bilder von dem Raumschiff aufgenommen. Vermutlich ist er wie ich vor ein paar Stunden der Erste gewesen, der die Entdeckung gemacht und den Behörden gemeldet hat und nun vielleicht Ansprechpartner oder Mitwisser ist.«

»Letzteres eher, wie mir scheint, denn seine Leitungen sind alle doppelt und dreifach gesichert. Ich bin mir nicht sicher, ob ihm das bewusst ist. Aber jedes Telefongespräch, auch sein privates Handy, wird abgehört.«

»Heißt das, ihr kommt nicht durch?« Chris und Sponkey meinen synchron:

»Beleidige uns nicht! Aber es wird ein wenig länger dauern als gedacht.« Beide machen sich wieder an die Arbeit und ich setze mich rücklings auf einen Stuhl. Das Kinn lege ich auf die Lehne und sehe mir die Tafel an, auf der Michi und ich das notiert haben, was wir wissen oder vermuten. Wie immer, wenn ich mich in etwas hineindenke, vergesse ich alles um mich herum.

Thomas

TAG 2-6: 16.08. – 20.08.

WIR WERDEN ABGEHÖRT. WENN ICH DEN Telefonhörer in die Hand nehme, erfolgt ein seltsames Piepen. Wir sind also doch ruhiggestellt worden. Zumindest kann auf diese Art keine Information, ohne dass sie es mitbekommen, nach außen dringen. Mist. So kann ich keinen meiner speziellen Freunde im Ausland an anderen Observatorien anrufen. Als ich meinen Arbeitsplatz am späten Abend übermüdet verlasse, erkenne ich im Rückspiegel ein Auto, das mir folgt. Nicht unauffällig, sondern im Gegenteil. Der Fahrer will, dass ich ihn sehe. Brav fahre ich auf direktem Weg nach Hause. Keine Ahnung, ob es Absicht war, dass ich es bemerke, aber in meinen vier Wänden war jemand. Meine Güte, ich komme mir ja vor wie ein Spion oder Schwerverbrecher. Glauben die Regierungen wirklich, dass sich die Ankunft des Raumschiffes vertuschen lässt? Wie soll das weltweit möglich sein? Die Menschen haben privat so gute

Teleskope, dass sie dieses Teil über uns nicht nur mit eigenen Augen gesehen, sondern gewiss auch fotografiert haben. Möglicherweise zwar undeutlich, aber es wird sich nicht mit einer lausigen Begründung vertuschen lassen, das nicht. Außerdem ist da was auf die Erde geschossen worden. O.k. sie werden sagen, dass das ein Meteorit war oder eben mehr, aber ob die Menschen ihnen Glauben schenken? Mir ist der Wunsch, jemanden zu kontaktieren, jedenfalls vergangen. Denn ich bin mir sicher, egal von wo aus ich telefoniere, es werden immer welche mithören. Eine Frage stellt sich mir dennoch. Weiß die Regierung mittlerweile mehr über diese Vorfälle? Gab es schon mal Kontakt? Mir wäre nichts von all dem bekannt. Lars hat recht, wenn er die UFO-Jäger mit ins Boot nimmt. Die kommen immer wieder an Informationen, wenn auch auf illegale Weise. Doch vieles von dem, was sie danach öffentlich machen, entspricht zumindest zum Teil der Wahrheit. Von offizieller Stelle werden diese Fakten gerne mal als Fake-News deklariert. Es verwirrt die Menschen, sät Zweifel.. Ich als Wissenschaftler weiß vieles, aber selbst wir werden, wie ich heute wieder feststelle, genauestens kontrolliert. Wir sehen mit den Teleskopen tief in die Vergangenheit hinein. Tausende Jahre, ach, was sage ich, Milliarden von Lichtjahren entfernt. Doch eigentlich wissen wir nichts. Unser Sonnensystem gleicht einem Stecknadelkopf im Universum und ich bin mir sicher, dass die allerwenigsten Menschen überhaupt erfassen können, wie unendlich groß unser Weltall um uns herum ist. Wie viele Welten, wie viele unentdeckte Planeten und wie viele Dimensionen es gibt. Wir haben Theorien, aber die wenigsten wurden bisher bestätigt. Einige Physiker haben bereits in den Siebzigern die Theorien aufgestellt, dass es neben den Protonen und den Elektronen weitere Teilchen gibt. Sie nannten sie Quarks und diese wiederum enthalten die kleinsten Teilchen überhaupt, die sogenannten Strings. Doch keiner konnte bisher einen Beweis für deren Existenz erbringen. Auch die Versuche im CERN blieben bisher ohne Ergebnis. Als man den größten Teilchenbeschleuniger der Welt fertiggestellt hatte, war die Hoffnung, endlich weitere Antworten zu erhalten, unheimlich groß. Doch bisher – nichts. Keine schwarzen Löcher wurden gebildet, keine Abnormitäten festgestellt. Zumindest, und dieses ABER muss ich hinzufügen, wurde nichts davon bekannt. Die Frage stellt sich mir manchmal, ob wirklich nichts gefunden wurde? Wenn doch, bin ich mir jedoch fast sicher, hätte man dies nicht unter Verschluss halten können, diese Sensation hätte keiner der Wissenschaftler, die dort arbeiten, für sich behalten. Doch selbst wenn … was hätte die allgemeine Menschheit von diesem Wissen gehabt? Diese Quarks und Strings sind so unendlich klein, dass wir uns dies nicht mal annähernd vorstellen können. Ich bin mir sicher, dass die meisten Menschen keine Ahnung hätten, von was geredet wird und was dieser Beweis ihrer Existenz für eine unglaubliche Bedeutung hätte. Nur wir Physiker, Wissenschaftler und Astronomen wären aus dem Häuschen, aber ob wir mit dem Wissen, dass es diese Teile gibt, irgendetwas anfangen könnten, wage ich erst einmal zu bezweifeln. Es wäre Wissen und das wiederum ist ein Anfang für weiteren Fortschritt. Aber außer in einer Fachzeitschrift wäre diese Information keine Überschrift in einer DER Zeitschriften wert. Keiner wüsste, von was wir Physiker reden, noch, dass irgendwie alles zusammenhängt. Das Weltall, die Erdanziehung, die verschiedenen Dimensionen und dann wieder das Wetter. Wenn die Wissenschaftler und Regierungen einem einfachen Arbeiter sagen, dass der Klimawandel hausgemacht ist und sie ihn auffordern oder sogar nötigen, etwas gegen diesen zu tun, man diesem Mitbürger mitteilt, dass er deshalb nicht mehr mit seinem geliebten Diesel auf der Straße fahren darf, ihm aber danach wiederum erklärt, dass das Klima auch mit der Anziehungskraft des Saturns und des Jupiters zusammenhängt und womöglich auch mit Quarks und Strings, dann könnten sie niemanden davon überzeugen, dass wir unsere Erde schützen müssen. Keiner würde irgendwem Glauben schenken. Aber es ist so, dass diese Dinge alle zusammenhängen. Ja und dann wieder … verdammt, da ist ein Raumschiff über uns! Wie intelligent müssen dessen Erbauer denn sein. Sie wissen sicherlich, ob es Quarks gibt, oder auch, ob die Stringtheorie stimmt. Oder ob es mehrere Dimensionen gibt und ob das Weltall endlich ist und vor allem wissen sie sicher, was hinter den schwarzen Löchern steckt. Irgendwann während meiner Grübeleien falle ich in einen unruhigen Schlaf und in meinen Träumereien und Phantastereien fliege ich in einem Raumschiff durch die Zeit. Das Klingeln meines Weckers weckt mich auf und ich fahre, so schnell es geht, wieder zurück ins Observatorium. Vielleicht gib es ja Neuigkeiten.

NEUN

Lars' Überlegungen

TAG 6: FREITAG - 20.08.

Ich starre auf die Wand, auf der Michi versucht hat, alles, was wir gesichert wissen, zu notieren. Unsere Vermutungen hat er mit einer anderen Farbe dazugeschrieben, damit es übersichtlicher ist. Es ist etwas Großes da oben. ETWAS, das ETWAS auf die Erde geschossen hat und danach verschwunden ist. Wohin? *Vermutung: Hinter den Jupiter.* Dieses etwas liegt in der Nordsee und hat die Form einer Kugel. Diese wiederum stößt eine Art Laich aus und beschützt diesen. Sie erzeugt Wärme, in einer anderen Farbe geschrieben, *Vermutung: Durch das Methylhydrat.* Sie beschützt den Laich mit Stromstößen als Abwehrmechanismus. (Strom?/Energie?)*Vermutung: Sie hat ein Bakterium freigesetzt, das viele Menschen schnell getötet hat.*

Dasselbe passierte im Mittelmeer vor den Küsten von Italien und Frankreich.

Ebenfalls gibt es einen Einschlag im Amazonasgebiet.

Vermutung: Auch in Russland.

Was die Kugel in der Nordsee angeht, können wir sagen, dass aus diesem Laich in wenigen Tagen etwas ausgeschlüpft ist. Eine Art größere Kaulquappe oder Wurm. Wie groß es ist, können wir nicht exakt sagen, wobei wir auf 10-20 Zentimeter tippen, da sie sehr gut sichtbar auf dem Bildschirm waren. Auf jeden Fall können sie im Wasser schwimmen und leben. *Vermutung: Also auch atmen über Kiemen? Sie scheinen Sauerstoff zu benötigen.* Außerdem werden viele von diesen Wesen gefressen. Interessant ist, dass die Kugel den Laich mit aller Kraft beschützt, nicht aber die ausgeschlüpften Wesen. Axel hat ebenfalls ausgesagt, dass sie kaum mehr Laich ausstößt und die Fluoreszenz immer schwächer wird, die Kugel mehr und mehr erlöscht. *Vermutung: Ist sie eine Art Mutter, die nur dazu da ist, um Kinder zu gebären oder zu schützen, und stirbt danach? Ähnlich den Lachsen?*

Wenn wir schon, wie Michi gesagt hat, auf die Tierwelt sehen, macht einiges zumindest ein wenig Sinn.

Der Laich – Frösche

Die Masse – wie die Krabben

Der Tod der Eltern oder Mutter – Lachs

Das Beschützen der Eier – viele Tierarten

Eier – Lebewesen – Entwicklung/zu was? Was werden das für Frösche werden? – Kugeln? Und jetzt wackelt die Theorie wieder, dass die Kugel eine Art Mutter ist. Doch ein Roboter? Ein Träger?

DA ICH NICHT WEITERKOMME, wende ich mich dem zweiten Problem zu.

Die Krankheit. Dieses ETWAS hat diese Bakterien ausgesetzt, oder war der Träger, da bin ich mir sicher. Angenommen, die Dinger haben eine friedliche Absicht und dieses Bakterium, das sie mitgebracht haben, kam versehentlich auf die Erde, vielleicht sogar als eine Art Parasit? Doch es tötet oder schwächt uns. Bringt vieles durcheinander. Angenommen, das ist so gewollt, dann ist es als eine Art Waffe anzusehen. Und wenn Waffen ins Spiel kommen, bedeutet dies, dass wir eine Gefahr sind. Das wir dieses ETWAS zumindest in irgendeinem Stadium bekämpfen könnten. Nur mit was? Und mit welchen Waffen? Und in welchem Stadium? Und ist es wirklich böse?

Die Teile selbst, wenn sie sich so entwickeln, wie wir das bisher gesehen haben, sind dem Leben hier auf der Erde unglaublich ähnlich. Dann ... dann haben sie vielleicht eine ähnliche DNA - Struktur wie wir. Dann wieder ... mein Geist wandert. Dann waren sie ja vielleicht schon mal da! Wie sollte denn sonst unsere DNA hier auf die Erde ... Ich beginne zu tief und zu weit zu denken, ich verzettle mich, deshalb stoppe ich mich und wende mein Augenmerk wieder der Krankheit zu. Doch auch dort kann ich den

Gedanken, dass sie schon mal hier gewesen sein müssen, nicht abwenden. Denn das Bakterium ist dem, was wir hier auf der Erde haben, zu ähnlich. Wenn man jetzt überlegt, dass es sich durch die Evolution in den letzten Jahren verändert hat ... ich schüttle den Kopf und stehe kurz auf. Nehme mir eine Flasche Coke und trinke diese leer, diese Vermutung geht zu weit. Micki sieht zu mir.

»Alles ok?«

»Ja, ich bin etwas verwirrt und musste eine Pause machen.« Nach den paar Minuten, in denen ich die Flasche leere und warte, bis das Coffein und der Zucker seine Arbeit tun, setze ich mich wieder auf den Stuhl.

Sponkey hat recht, die Chance, dass es eine Art Medikament geben kann, ist da. Bakterien bekämpft man mit Antibiotika, da hat Sponkey recht. Oder mit Antikörpern, nur hat diese Krankheit bisher noch keiner überlebt. Zumindest wissen wir das nicht. *Vermutung: Deshalb haben die Forscher in der Kürze der Zeit noch recht wenig Info diesbezüglich.* Auch hier komme ich nicht weiter und wende den Blick auf den Punkt *Amazonas.*

Einschlag gesichert, mitten im Urwald. Keine Informationen. Wenn dort etwas ausgeschlüpft ist, ist es jedenfalls die ideale Brutstätte. Keine Gefahr durch Menschen, und eine Ausbreitung ist ohne Probleme möglich. Sollten dort Menschen sein, sind es wenige und die gewiss längst durch das Bakterium tot. Eine Übertragung des Bakteriums wird nicht möglich sein, da ein Krankenhaus oder eine größere Ansiedlung nicht in der Nähe ist. Wenn dort jemand vor Ort war, ist derjenige tot. Sollten die Regierungen Drohnen oder Soldaten dorthin gesandt haben, könnten sie etwas wissen. Doch ob es Brasilien überhaupt interessiert, ist fraglich. Wenn, dann könnten die Amerikaner dort nachgeschaut haben und zumindest den Ort des Einschlages erkundet haben. Wir aber haben keine Ahnung, was dort vor sich geht. Wieder eine Sackgasse. Dasselbe in Russland. Dünn besiedeltes Gebiet und die Regierung wird kurzen Prozess machen und alles abriegeln. So schlimm es klingt, aber wir sollten das auch tun, um eine Ausbreitung der Krankheit zu verhindern. Doch dafür könnte es schon zu spät sein. Vor Frust werfe ich den Kuli gegen die Wand, da ich nicht weiterkomme.

»Verdammt!« Ich bemerke, dass ich einfach nur noch müde bin. Drehe mich zu den anderen um und erkenne, dass sie es sich bequem gemacht haben und schlafen. Mir ist nicht aufgefallen, wie viel Zeit vergangen ist. Vor mir liegt ein belegtes Brötchen mit Käse. Das ist nett. Jemand muss mir etwas gebracht haben und ich war so in Gedanken, dass ich es nicht bemerkt habe. Ich beiße hungrig rein. Da wird mir klar, dass auch Pepper und seine Jungs wieder da sind. Sie liegen auf dem Boden und dösen vor sich hin. Ganz unspektakulär positioniere ich mich ebenfalls auf den Boden, um ein paar Minuten die Augen zu schließen.

ZEHN

Axel

TAG 6: FREITAG - 20.08.

»Kommandant?« Ich sehe meine Offiziere und die anwesenden Besatzungsmitglieder an.

»Wir tauchen wieder ab.« Ich kann deutlich erkennen, dass einige tief durchatmen.

»Ich weiß, euch ist nicht wohl dabei. Ich verstehe jeden von euch, aber was ist die Alternative? Ihr habt es gehört. Wenn wir an Land gehen, könnten wir erkranken und sterben. Wenn wir hierbleiben, können wir das sicherlich auch. Das weiß jeder, der auf einem U-Boot dient. Aber wir sind diejenigen, die an der Front sind. Wir können beobachten, was dort unten passiert, und zwar solange diese Wesen es uns gestatten. Ihr habt alle die Bilder gesehen. Ich habe euch nichts davon verheimlicht. Denn das hier ist eine Situation, in der wir noch nie waren und bisher wurden wir von unserer Regierung, von unseren Vorgesetzten, nicht einmal kontaktiert. Ich bin mir nicht mal sicher, ob es die Bundeswehr oder die

Marine überhaupt noch gibt. Wenn wir hierbleiben und alles für den Professor beobachten, Informationen weiterleiten … es klingt jetzt dramatisch, aber womöglich sind das die Fakten und Daten, die die Menschheit retten. Nicht dass ich danach strebe, in irgendwelchen Geschichtsbüchern zu stehen, mir wäre es wie euch lieber, dass wir zu unseren Lieben nach Hause können. Ich zu meiner Frau und meinem einjährigen Sohn. Doch zum Teufel, wir haben dieses ETWAS zuerst gesehen und wir haben auch mit unseren eigenen Augen gesehen, zu was es in der Lage ist und auch, was aus diesen Eiern ausgeschlüpft ist. Vielleicht erkennen oder erfahren wir noch mehr, wenn wir ihnen folgen. Und ja, wir könnten sterben. Das muss jedem von uns klar sein. Allerdings wusstet ihr das alle, als ihr den Dienst auf einem U-Boot angetreten seid. Mir ist bewusst, dass ihr wissen wollt, wie es euren Familien geht. Ihr versuchen möchtet, sie zu kontaktieren. Deshalb werden wir noch genau zehn Minuten an der Oberfläche bleiben. Wer telefonieren will, soll es tun, aber schnell. Doch Soldaten, kein Wort von dem, was wir gesehen haben. Das ist ein Befehl. Es darf keine weitere Panik geschürt werden. Die Menschen aufzuklären ist Sache der Regierung. Da uns, wie gesagt, bisher niemand kontaktiert hat, werde ich das tun, um was uns der Professor gebeten hat. Wir müssen für ihn einige dieser Viecher einfangen.«

»Von Eckerfjörde wird ein Hubschrauber kommen und Sie abholen. Danach überlegen wir, wo wir hinfahren. Meiner Meinung nach sollten wir ihnen folgen, damit wir möglichst exakt Bescheid geben können, wo sie an Land gehen. Wie denkt ihr darüber? Ich bin der Ansicht, dass wir im Moment hier im Wasser am sichersten sind. Und ja, ich frage euch, was ihr davon haltet.«

»Kommandant.«

»Ja?«

»Ich denke, ich spreche für alle hier. Wir sollten, wie der Professor sie bat, einige einfangen und wenn der Hubschrauber hier war, dem Schwarm folgen. Wir haben bisher noch keine anderen Befehle erhalten, deshalb – wie sie bereits sagten: So können wir zumindest sagen, wo sie auf Land treffen und alle vorwarnen. Das hilft hoffentlich auch unseren Angehörigen.« Ich nicke ihm dankend zu und rufe:

»Wir sollten uns beeilen.«

»Ich regle das mit dem Telefonieren, Kommandant.« Nach etwas mehr als zehn Minuten haben die Crewmitglieder, die wollten, ein kurzes Gespräch geführt. Einige sind geschockt, einigen anderen geht es besser. Alle haben sich daran gehalten, dass sie nichts erzählt, nur nachgefragt haben, wie es ihren Angehörigen geht. Als wir auf Tauchgang gehen, mache ich eine weitere Durchsage und bringe meine Leute, für die ich die Verantwortung habe, auf den aktuellen Stand. Nach einem letzten Blick auf die Kugel wenden wir und fahren dem Schwarm dieser ausgeschlüpften Wesen nach. Sie sind schnell für ihre Größe, aber natürlich haben sie gegen unser U-Boot keine Chance und wir sind nach kurzer Zeit auf ihrer Höhe. Wir tauchen unter ihnen. Es ist ebenfalls ein Detail, das interessant ist. Sie schwimmen im Schwarm in ziemlich genau 150 Metern Tiefe. Ich bespreche mich mit meinen Ingenieuren, die sich mit unseren Robotern auskennen und wir beschließen, dem Schwarm hinterher zu schwimmen und die Nachzügler einzufangen. Als wir den Roboter auf Reise schicken, halten wir alle den Atem an. Sollten diese Wesen in der Lage sein, ebenfalls auf Gefahr zu reagieren, könnte dieser Versuch schiefgehen. Doch ich glaube das nicht, da das große Fressen immer noch im vollen Gange ist. Durch die vielen Fische klappen auch die ersten Versuche nicht. Wir haben zwar ein paar in einem Netz eingefangen, jedoch auch andere Meeresbewohner, die sich freuen, denn die Jagd ist nun einfacher. Erst nach dem vierten Versuch haben wir drei isolierte Wesen im Netz. Wir ziehen unsere kostbare und hoffentlich ungefährliche Fracht zum U-Boot. Und ich selbst gehe nach unten und tüte die Viecher ein. Sie sehen seltsam aus, allerdings kann ich nicht wirklich beurteilen, ob außerirdisch oder nicht, denn ich weiß nicht, wie die Fische in den verschiedenen Stadien aussehen. Was mir auffällt, ist, dass sie selbst in der Tüte immer wieder an dieselbe Wand schwimmen und dies ist exakt die Richtung, in die der Schwarm schwimmt. Als ob sie immer noch von einer unsichtbaren Kraft angezogen würden. Sobald ich die Beutel drehe, richten sich die Tiere, oder Aliens, oder was auch immer sie sind, erneut in die Richtung aus. Ich gebe sie in eine Box und verschließe diese. Da ich keinen Kontakt mit dem Inhalt hatte und auch nicht mit dem Wasser, da der Roboter den Beutel gut verschlossen hat, gehe ich davon aus, dass ich mich nicht angesteckt habe. Wenn doch, wäre dies fatal. Als ich zurück auf der Brücke bin, gebe ich den Befehl aufzutauchen. Wenn ich eines hoffe, dann, dass bereits ein Hubschrauber auf dem Weg zu uns ist, denn wohl ist mir wirklich nicht mit dieser Ladung an Bord. Als wir Funkkontakt haben, rufe ich Lars an.

»Hallo, Axel, ich hoffe, du hast gute Nachrichten?«

»Ehrliche gesagt hoffe ich, du hast die besseren. Was ich sagen kann: Wir haben unseren Teil der Abmachung erledigt. Wir haben drei von diesen Viechern erwischt. Ich bitte darum, dass die *Post* das Paket zeitnah abholt. Ich möchte die Verantwortung über die Dinger los sein.«

»Da habe ich gute Nachricht. Eine H145M ist im Anflug. Pepper konnte einen befreundeten Kameraden dazu überreden, zu dir zu fliegen. Dass dies alles wie bei euch auch nicht durch ihre Bosse genehmigt und abgezeichnet ist, sollte dir bewusst sein. Aber in Eckerfjörde ist die Hölle los. Die Kameraden, die nicht erkrankt sind, haben sich verschanzt. Der Rest ist tot oder dem Tode nahe. Dass sich die Jungs dazu hinreißen lassen konnten, nach draußen zu gehen, ist nur Pepper zu verdanken. Sie und auch ihre Mannschaft sind unendlich mutig. Und wenn wir alle irgendwann in den Knast wandern, dann wenigstens zusammen, damit wir uns besser kennenlernen können.«

»Erlaube mir noch eine persönliche Frage.«

»Die da wäre, Axel?«

»Hast du Nachricht von den Kindern deiner Freundin?«

»Nein. Nur dass sie alleine unterwegs sind. Ich versuche, darauf zu hoffen, dass sie schlau sind und durch Altmann wussten, dass sie in größter Gefahr wären, wenn sie Kontakt zu Menschen aufnehmen.«

»Ich drücke dir die Daumen. Und wie du sagtest, entweder im Knast, aber doch viel lieber persönlich in Freiheit, würde ich dich gerne näher kennenlernen. Gab es noch eine Sichtung bezüglich *oben*?«

»Nein, dort ist es ruhig. Zu ruhig in meinen Augen. Ich muss weitermachen Danke, Axel. Vielen Dank!«

»Wir melden uns, wenn es Neuigkeiten gibt.«

ELF

Thomas

MICHI BERÜHRT MICH AN DER SCHULTER.

»Lars? Aufwachen.« Ich öffne meine Augen und sehe etwas irritiert zu Michi hoch.

»Ja?«

»Sponkey wünscht deine Anwesenheit. Nicht, dass er der König hier wäre, auch wenn er Balthasar heißt. Und er benimmt sich auch wie einer ...«, Michi grinst mich an. »Du weißt ja, was ich meine.«

»Quatsch nicht so viel, Michi!«

»Du hörst es, Lars, es wäre, glaube ich, von Vorteil, wenn du zu ihm an den Rechner gehst, er ist gleich so weit.«

»Was meinst du ... Thomas?« Sponkey murmelt im Hintergrund vor sich hin:

»Nein, du wirst mit der Königin von England reden.« Michi verdreht seine Augen und meint:

»Richtig, Lars. Thomas dürfte gleich in der

Leitung sein.« Ich erhebe mich fast zu schnell und strauchle kurz. Michi stützt mich:

»Langsam, Lars. Ich hätte dich gerne länger schlafen lassen, aber ...«

»Schlaf wird überbewertet. Danke, Michi, ich bin gespannt, was Thomas zu berichten hat, wenn er frei reden kann und überhaupt etwas weiß.«

»Das wird er können. Ich bin mit ihm über eine wirklich sichere Leitung verbunden, war etwas schwierig, deshalb hat es auch gedauert, aber du kannst frei Schnauze mit ihm reden.«

»Respekt, Sponkey.« Er grummelt irgendetwas vor sich hin, das so ähnlich lautet wie: »Ich bin halt der Beste« oder so, was Chris dazu bringt, ihm einen Kugelschreiber an den Kopf zu werfen Ich gehe auf diese Stichelei nicht ein und frage:

»Wann?«

»Jetzt. Er ist bereits am Telefon.«

»Ist da wer? Hallo?«

»Thomas, ich bin es, Lars.«

»Lars? Wie ... die Telefone nach draußen sind doch deaktiviert oder abgeschaltet und ...« Leise, als ob das was bringen würde, meint er:

»Wir werden, glaube ich, abgehört.«

»Die Telefone sind abgeschaltet und es entspricht auch der Tatsache, dass du abgehört wirst, aber ich habe hier ein paar geniale Köpfe, die ... egal, das wollen du und ich beide nicht so genau wissen. Thomas, wie sieht es bei euch aus?«

»Sag du es mir. Ich kann dir nicht viel sagen, wir wurden mundtot gemacht und alle Leitungen zum Spiegel sind abgeschaltet oder für uns hier gesperrt. Homeland und die NASA haben hier das Sagen. Ich habe keinerlei Zugriff mehr auf das Observatorium und auf aktuelle Bildern, nur noch auf die hier gespeicherte Daten. Das wissen die aber nicht. Aber wir haben halt vergessen, zu erwähnen, dass es sie gibt. Die haben wir dann halt ausgewertet. Du kannst mir sicherlich viel mehr erzählen und ich bin abartig neugierig.«

»Dann bringe ich dich mal auf unseren Stand: Thomas, wir haben einen Film von dem, was da ins Wasser gefallen ist, und auch, was sich daraus entwickelt hat. Ein sehr mutiger Kommandant und seine Crew haben uns diese aus einem U-Boot zugespielt. ICH war sogar auf diesem U-Boot und habe diese Kugel mit eigenen Augen gesehen.«

»Du ... Du willst mich veräppeln.«

»Hierbei mache ich keine Witze, das ist zu heiß und ernst, aber vor allem real. Eines ist sicher, sie lebt auf eine gewisse Art oder zumindest ihre Fracht tut das.« »Wie meinst du das? Kann ich es sehen?«

»Langsam. Sie hat eine Art Laich ausgestoßen und jetzt kommt's. Dieser, wir nennen ihn wie gesagt Laich, war befruchtet und sie sind nun ausgeschlüpft.«

»Wer?«

»Die Aliens oder was auch immer da ins Meer geschossen wurde. Es sind befruchtete Eier oder was Ähnliches und aus diesen ist ETWAS geschlüpft.«

»Wie bitte?«

»Hör einfach zu, bevor sie die Leitung kappen. Es ist wichtig. Dieses ETWAS, wir nennen es »Kaulquappen«, sind viele und sie schwimmen Richtung Küste. Es sind Millionen oder zumindest viele Tausende. Sie haben die Größe von ungefähr 10-20 cm. Wir haben keine Kenntnis, ob das bei dem Teil, das in den Amazonas gekracht ist, ebenso der Fall ist. Genauso wenig wie bei dem Einschlag im Mittelmeer oder in Russland. Meine Regierung hat davon noch keine Ahnung, sie sind … schleppend langsam oder aber sie konzentrieren sich auf die Infektionen und die Schäden, die der Tsunami verursacht hat. Ich will ihnen, was dies anbelangt, noch nicht mal einen Vorwurf machen. Es gilt, Prioritäten zu setzen. Obwohl man ihnen schon vorwerfen kann, sich zu viel Zeit zu lassen«

»So wie es meistens der Fall ist, auch bei unserer Regierung. Allerdings weiß ich nicht, was sie wirklich tun, denn wie gesagt, ich bin außen vor. Was aber viel wichtiger ist, du willst mir sagen, dass da irgendwelche Viecher oder Aliens im Wasser schwimmen und demnächst auf Land treffen und du hast einen Film von ihnen?«

»Beides, ja. Der Film wird dir in diesen Minuten übertragen. Das stimmt doch, oder, Sponkey?«

»Selbstverständlich.«

»Thomas, du musst damit tun, was du für richtig hältst. Wir wissen nicht, was es ist und zu was es sich entwickelt, deshalb werde ich die deutschen Behörden nach unserem Telefonat informieren. Ihnen das Video zuspielen, das uns Axel Moore vom U-Boot aus aufgezeichnet hat. Ich hoffe, ihnen fällt eine Lösung dazu ein, verheimlichen dürfen wir das nicht. Die Gefahr ist so groß. Deshalb wollte ich dich kontaktieren. Wenn die Regierung das unter Verschluss hält, ist das fahrlässig. Wir sollten alle zusammenarbeiten. Irgendwas sagt mir, dass wir verhindern müssen, dass sie auf Land treffen. Wobei ich glaube, dass wir dieses Etwas nicht aufhalten können.«

»Lars, ich hege die Befürchtung, dass sie es erst kapieren, wenn es zu spät ist. Ehrlich gesagt wäre mir sehr recht, wenn diese Wesen nicht auf Land treffen. Wenn man dies jedoch real sieht, werden wir das nicht aufhalten können. Im Amazonas sind sie ja bereits an Land und in Russland ebenfalls, oder? Was mich auf etwas Anderes bringt: Mir scheint, es ist ihnen egal, ob sie in Salz- oder Süßwasser sind.«

»Du hast recht. Diese Überlegung haben wir noch überhaupt nicht gemacht.« Ich sehe zur Tafel und sage mit Blick zu unseren Notizen:

»Thomas, wir fangen gerade welche ein.«

»WAS!«

»Nicht ich, wenn ich von wir spreche. Ich meine unser kleines Team. In diesem Fall Axel. Ihm und seiner Crew gehört ein Orden verliehen, sie sind aus der Not heraus und auf meine Bitte hin *Dingjäger* geworden und bringen sich damit in höchste Gefahr. Wenn sie es schaffen, welche einzufangen, wird ein Team von Soldaten vom Stützpunkt Eckerfjörde aus, rausfliegen, um sie zu holen.«

»Und dann? Um Himmelswillen, Lars, es könnte, was weiß ich, passieren! Was ist, wenn sie der Grund für diese Seuche sind? Dann sind diese Männer dem Tode geweiht.«

»Ich sagte ja, sie sind mutig. Sie wissen um die Gefahr, aber einer muss handeln und die Regierung – die ist einfach zu lahm. Vermutlich werden sie uns die Dinger, sobald sie im Labor sind, konfiszieren, aber selbst das wäre mir egal, denn dann kümmern sie sich wenigstens darum. Bisher geht's ja nur um diesen Tsunami und die Schäden, die danach folgten. Und selbst mit der Krankheit sind sie gänzlich überfordert und haben uns Wichtigtuer genannt. Heute ist das womöglich anders. Denn es trifft ziemlich genau das ein, was wir vorhergesagt haben. Laut den Medien, die noch senden, verbreitet sich der Erreger unglaublich schnell. Die Menschen sterben wie die Fliegen. Ihr habt mit der Mauer zu Mexiko den Vorteil, dass die Grenzen wirklich dicht sind.«

»Klar wie ein Schweizer Käse. Man wird es niemals schaffen, ein Bakterium oder einen Virus aufzuhalten, selbst wenn es im Amazonas wütet. Auch dort leben Menschen. Ehrlich gesagt bereiten mir die Teile im Wasser viel größere Sorgen. Wo bringt ihr sie hin?«

»In ein Speziallabor nach Ingelheim. Noch ist das alles illegal, aber ich muss und werde das melden. Zumindest habe ich in diesem Fall meine Pflicht getan. Wenn sie dann immer noch nicht zuhören, weiß ich nicht, wie es weitergeht. Wir hier aber sind neugierig und diesen kleinen Vorteil, an weitere Informationen zu gelangen, den nutzen wir aus. Ich bin ehrlich, uns interessiert vor allem das Raumschiff da oben. Du aber bist ziemlich abgeschirmt und an ein Durchkommen zu dir war fast nicht zu denken.«

»Beleidige mich nicht«, meint Sponkey, der wie die anderen unserem Gespräch zugehört hat.

»Wer ist das?«

»Willst du nicht wissen, Thomas. Aber bisher macht er sich ganz gut. Er ist das schwarze Schaf in unserer Truppe, unser Knastbruder.«

»Ich ...« Michi und Chris kriegen sich fast nicht mehr ein vor Lachen.

»Lars? Alles in Ordnung bei dir?«, lachend meine ich zu ihm:

»Alles gut. Jetzt du, gibt es bei dir irgendwelche Neuigkeiten vor allem hinsichtlich des Raumschiffs?«

»Oh, bei dir ist aber was los! Also ja, und nein, du hast recht, Lars, ich werde abgehört und außen vorgelassen. Nach dem was du mir gerade mitgeteilt hast, werde ich mein Möglichstes versuchen, um die Regierung davon zu überzeugen, dass sie im Amazonas die Lage sondieren müssen. Was denkst du, ist dieses Bakterium, das die Kugeln da ausgestoßen haben, eine Art Waffe?«

»Keine Ahnung, wir haben mehrere Theorien, eine davon ist, dass es vielleicht ein Parasit ist und mit der Kugel hierhergelangt ist. Oder aber die erste Wahl, es ist eine Art Waffe, um ein möglichst großes Durcheinander zu schaffen und uns davon abzulenken, was im Wasser wirklich vor sich geht. Alle drei Varianten gefallen mir nicht. Wenn es ein Parasit ist, stellt sich mir die Frage, ob es vielleicht ihren Lebensraum ebenfalls bedroht, denn was wollen Sie hier? Michi hatte die Idee, dass sie Ressourcen wollen. Es könnte sein, dass es hier auf der Erde etwas gibt, was ihnen schmeckt oder das sie für ihr Überleben benötigen, aber auf der anderen Seite sind sie winzig und klein. Und ich weiß nicht, ob sie in diesem Moment, in diesem Stadium, intelligent sind. Zumindest so intelligent, um dieses Raumschiff zu bauen, und in einer Geschwindigkeit durch das All zu fliegen, die wir uns nicht mal annähernd vorstellen können. Sie erscheinen mir eher wie von Instinkt getriebene Wesen.«

»Du denkst, es sind nicht die eigentlichen Erbauer des Raumschiffes, sondern nur eine Art Vorhut?«

»Thomas, ich weiß nicht, zu was zum Teufel sie sich entwickeln und wie alt sie werden. Ob das Babys sind, oder Waffen, oder … das alles sind Fragen, die wir nicht wissen. Was ich aber weiß, ist, dass sie an Land auftreffen werden, und das in wenigen Tagen. Meine Hoffnung ist, dass die Forscher sie vielleicht sequenzieren können, um herauszufinden, ob sie eine ähnliche DNA wie wir haben. Ich habe einfach keine Ahnung. Diese vielen Möglichkeiten, sie überfordern mich ehrlich gesagt. Dazu dieses Raumschiff? Wo ist es? Und wer oder was hat es gebaut? Und, und, und … Was ich aber gesichert sagen kann, ist Folgendes: Sollte ich dieses Video an die Regierung senden, stehen wir zumindest mit einem Bein im Knast. Wir haben mit Sicherheit Gesetze gebrochen und das werden die Behörden nicht witzig finden. Sie werde uns womöglich alles wegnehmen und das gefällt mir am allerwenigsten. Axel und seine Männer, sie haben ihr Leben riskiert, nur damit wir an diese Informationen kommen. Was, wenn man sie festsetzt, sie mundtot macht und das obwohl sie die eigentliche Sensation seit dem Einschlag entdeckt haben. Außerdem bin ich der Meinung, in einer derartigen Situation darf man die Menschen nicht im Unklaren lassen. Sie müssen von der Gefahr, der wir vermutlich ausgesetzt sind, erfahren. Doch genau das Gegenteil scheint mir der Plan der Regierungen zu sein und da meine ich nicht nur unsere. Hast du irgendwo etwas Offizielles in den Medien vernommen, was das Raumschiff angeht? Wie gesagt, sie werden uns alles irgendwie wegnehmen, wenn wir was sagen. Doch es bleibt uns nichts Anderes übrig, wir kommen nicht umhin, etwas zu tun, wir sind, denke ich dazu verpflichtet, jemanden zu erzählen, was wir entdeckt haben. Alles andere wäre kein guter Plan.

Sollten sie uns alles kappen und dichtmachen, werden wir trotzdem einen Weg finden, an Informationen zu gelangen. Doch behalten können wir das nicht für uns. Das geht nicht. Die Invasion ist so massiv, es sind Millionen von Eiern, die ausgeschlüpft sind und Richtung Küste schwimmen. Zumindest hier in der Nordsee. Doch ich bin davon überzeugt, dass es im Mittelmeer gleich aussieht und auch im Amazonas. Dort haben sie mit überhaupt keiner Gegenwehr zu rechnen und was in Russland abgeht – wer weiß das schon.«

»Meine Güte.« Thomas ist still, wir hören im Hintergrund aufgeregte Stimmen. Ich gehe davon aus, dass Thomas gerade den Film, den Axel gedreht hat, ausstrahlt und diesen auch seinen Mitarbeitern zeigt.

»Das ist der Wahnsinn, eine Sensation und unglaublich beängstigend. Du hast recht, Lars, das muss ich auch weitergeben.«

»Sollten sie uns trockenlegen, haben wir keinen Zugriff mehr auf Informationen. Dann kann ich wenigstens die Kinder suchen. Zudem meine Freundin, die hoffentlich noch am Leben ist. Das alles entwickelt sich zu etwas so Großem, dass es für uns schlicht und ergreifend nicht mehr überschaubar ist.«

»Und wenn du ihnen dieses Video inoffiziell zukommen lässt? Ich meine, deine Spezialisten haben es ja auch geschafft, dass wir beide kommunizieren können, ohne dass sie davon etwas mitbekommen. Es dürfte demnach schwierig für sie werden, den Weg zu euch zurückverfolgen. Und erzähl mir nicht, dass die „Anderen" in diesen Minuten mithören, dein Knastbruder lässt das gewiss nicht zu.«

»Ein kluges Kerlchen, dein Thomas.«, meint Sponkey an mich gewandt, »wenn ich ihm auch das Wort Knastbruder echt übelnehme. Er scheint jedoch meine Genialität zu würdigen.«

»Angeber.«, folgt aus Michis Mund.

»Lars, was das Raumschiff angeht, wie gesagt, unsere Leitungen wurden komplett gekappt, wir haben nur das Material, das wir gespeichert haben und wir ihnen, ich formuliere es mal so, vergessen haben mitzuliefern. Was ich sagen kann, dieses Raumschiff, es ist riesig. Es hat eine Dimension, das ist der Wahnsinn. Dort würden Hunderttausende von Menschen beherbergt werden können. Ich habe keine Ahnung, wie groß diese Viecher im Wasser werden, aber die Größe ihres Raumschiffes ist unglaublich. Das Material, aus dem es besteht, es kann aus keinem Element von der Erde sein. Das kann ich mir nicht vorstellen. Wir haben vielleicht in einigen hundert Jahren das Knowhow dazu. Doch wir sind noch lange nicht in der Lage, einen derartigen Antrieb herzustellen. Die fliegen das Teil in Sekunden so weit weg, wie wir in zehn Jahren mit einer kleinen Sonde kommen.. Wir wissen aber nicht, wo das Ding sich jetzt gerade aufhält. Womöglich ist es längst wieder im Universum verschwunden, nachdem es seinen Auftrag abgeschlossen hat. Ich frage mich echt, wie es so schnell fliegen kann? Dieser Antrieb - was gäbe ich dafür, den kennenzulernen und mit eigenen Augen zu sehen. Ob sie wohl durch schwarze Löcher fliegen? Oder noch spekulativer, können Sie womöglich schwarze Löcher erzeugen und düsen so in eine andere Dimension?« Thomas schwärmt überlegt und spekuliert, wie auch ich es vorhin getan habe, nur eben auf einer anderen Ebene. Ich war bei den Aliens im Wasser, er ist bei dem Schiff über uns.

»Wir wissen dies alles schlicht und ergreifend nicht. Was ich aber interessant finde, ist, dass sie Wasser benötigen. Zumindest gehe ich davon aus. Da sie dort ihre Brut abgelegt haben.«

»Ob sie wohl eine DNA-Struktur haben wie wir? Bestehen sie auch aus Adenin (A), Guanin (G), Cytosin (C) und Thymin (T). Wenn ja, dann ...«

»Sie haben sicher eine ähnliche DNA-Struktur. Oder sie bestehen aus Elementen, die hier auf der Erde vorkommen. Wenn dem aber so ist, wie gesagt, davon gehe ich stark aus, bedeutet es, dass menschliches Leben auch noch woanders möglich ist, und wahrscheinlich in irgendeiner Form bereits existent ist. Verdammt, Thomas! Ich habe immer davon geträumt, einmal Aliens oder ein Raumschiff zu sehen, aber das hier? Wir wissen doch nicht einmal, ob sie in friedlicher Absicht gekommen sind. Ich meine, Pepper hat mich das ebenfalls gefragt: *»Was, wenn sie friedlich gekommen sind?«*

»Und wie ist deine Antwort darauf ausgefallen?«

»Dass sie sich so was von verdammt blöd angestellt haben.«

»Dem kann ich zu einhundert Prozent zustimmen. Erst einmal Hunderttausende, wenn nicht Millionen von uns zu töten und danach die weiße Fahne hieven, wird nicht funktionieren. Also, was machst du mit dem Video?«

»Ich werde es offiziell an die Regierung schicken und ihnen mitteilen, in welcher Gefahr wir meiner Meinung nach schweben. Dass diese Teile an Land kommen werden und wir nicht wissen, was sie dort vorhaben. Ich denke, wir müssen sie bekämpfen. Wenn sie wirklich friedlich wären, hätten sie uns von ihrem Raumschiff aus eine Nachricht zusenden können. Ich hege immer noch die große Befürchtung, dass wir von ihnen nicht als Wesen mit einer allzu großen Intelligenz wahrgenommen werden und sie uns als unwichtig betrachten. Wichtig ist hier für sie irgendeine Ressource oder die Erde an sich.«

»Ich muss dir zustimmen, mein Freund.«

»Lars?«

»Ja, Chris?«

»Axel hat sich gemeldet. Er hat die Teile an die Hubschraubercrew übergeben. Sie fliegen jetzt zum Labor.«

»Perfekt. Thomas, mach du das, was du für richtig hältst. Ich hoffe, wir sehen oder hören uns bald wieder, pass auf dich auf.«

»Du auch, Lars.«

ZWÖLF

Paul

TAG 5 + 6 - 19.-20.08.

ES SIEHT SCHLIMM AUS. FÜRCHTERLICH, UM ES deutlich zu sagen. Kolja fährt richtig gut. Ich bin ehrlich gesagt neidisch deswegen. Ich durfte noch nie hinters Steuer, nicht einmal auf einem Parkplatz. Die Straßen sind voller Autos. Kolja muss extrem achtgeben, denn an irgendwelche Verkehrsregeln hält sich keiner mehr so richtig. Zumindest kommt mir das so vor. Es scheint keine Fahrtrichtung mehr zu geben, uns kommen auf der linken und rechten Seite Autos entgegen. Wir schaffen es aus Köln hinaus und Kolja lenkt das Fahrzeug weg von den Hauptverkehrswegen. Fahren kann er! Ich fühle mich sicher. Wir fahren Richtung Meer, Richtung Nordsee, alle anderen von dort weg. Wenn wir Polizei oder Krankenwagen sehen, nimmt er einen anderen Weg und bald befinden wir uns auf Nebenstrecken, die auch mal unbefestigt sind. Es kommt fast nie ein Auto auf uns zu und wenn doch, fährt Kolja daran vorbei und hält nicht an. Ich habe manchmal Angst, denn die Blicke der Menschen sind starr, leblos und voller Angst und Panik. Manche möchten, dass wir halten und werfen Steine nach uns oder stellen sich uns in den Weg, doch Kolja ist unerbittlich. Lisa weint viel, vor allem als Kolja an Kindern vorbeifährt, die uns andeuten zu halten. Da schreit sie laut:

»Haltet an! Haltet sofort an! Wir haben doch noch Platz. Kolja, halte doch an.«

»Nein, Lisa das geht nicht.«

»Paul, sag ihm, dass er anhalten soll!«

»Lisa, das haben wir doch besprochen, wir können nicht stoppen, dieser General Altmann hat uns gesagt, dass wir auf keinen Fall Kontakt zu anderen Menschen aufnehmen dürfen. Sie könnten krank sein und uns anstecken, willst du sterben? Es gibt keine Mittel dagegen und dann ... Lisa, bitte, du musst das verstehen.«

»Aber sie sahen doch gar nicht krank aus!«

»Lisa, uns geht es gut und wir machen sicherlich ganz viel falsch, aber Lars, den wir fragen könnten, ist nicht da und Kolja, der kann fahren und weiß, wo sich seine Eltern befinden. Erwachsene, die ... bitte, Lisa, lege dich hin, dann siehst du nichts. Es kommen gewiss bald noch viel schlimmere Sachen auf uns zu, du musst dir das nicht anschauen. Der Tsunami, das viele Wasser, das hat sicher Schäden hinterlassen, du hast das auf Wangerooge doch gesehen.« Mir kommt in diesem Augenblick eine Idee und die gefällt mir überhaupt nicht.

»Kolja?«

»Ja?«

»Was, wenn dieser Tsunami, die Brücke beschädigt hat?«

»Das glaube ich nicht. Die Welle kam sicherlich nicht bis in die Ostsee, und wenn doch, war sie nicht mehr so hoch.«

»In Ordnung.« Einige Stunden später fallen mir beinahe die Augen zu und auch Kolja wird müde, ich merke es an seiner Fahrweise.

»Wir müssen eine Pause einlegen, Kolja, du fährst nicht mehr sicher.«

»Es ist auch nicht sicher, wenn wir halten.«

»Wenn wir ein Versteck finden schon. Lass uns eines suchen.« Dass Kolja mir tatsächlich zustimmt, zeigt mir, wie müde er ist. Wie schauen uns um. Aber es ist nirgends etwas Geeignetes zu sehen. Lisa ist es, die es nach einigen Kilometern etwas findet.

»Da drüben! Seht ihr das?«

»Ein Schuppen, super, Lisa, das ist genau richtig.« Kolja meint:

»Und wenn da jemand ist?«

»Das glaube ich nicht, aber wir sollten trotzdem vorsichtig sein.« Ich schnalle mich ab und will aussteigen. Kolja stoppt mich:

»Warte!«

»Einer muss raus und nachsehen, ob da drinnen jemand ist, du wirst Lisa sonst wegbringen von hier. Versprochen?«

»Ich gehe.«

»Tust du nicht, denn ich kann nicht Autofahren und du wirst meine Schwester zu deinen Eltern bringen und später, wenn alles wieder besser ist, unsere Mutter suchen. Versprochen?« Kolja sieht mich lange an und nickt.

»Aber ...«

»Deine Eltern brauchen dich. Sie haben schon ein Kind verloren.« Nach diesen Worten öffne ich die Tür, die Kolja sofort hinter mir abschließt, den Motor lässt er laufen. Vorsichtig trete ich zu dieser Scheune, sie sieht nicht mehr unbedingt stabil aus, doch scheint sie nicht in den nächsten paar Minuten zusammenzubrechen. Das Tor lässt sich schwer öffnen.

»Hallo, ist da wer?« Als ich keine Antwort bekomme, rüttle ich an der Tür und diese geht auf. Innen ist auch niemand. Erleichtert atme ich auf. Rufe erneut:

»Hallo, ist da wer? Bitte, ist hier irgendjemand? Mein Name ist Paul.« Es scheint wirklich niemand da zu sein, aber ich sehe mich weiter um. Gehe die Leiter nach oben, dort ist nur Heu gelagert. Dem Geruch nach ziemlich altes. Dieser Stall oder diese Scheune scheint verlassen zu sein. Zudem können wir sie von innen abschließen und so leicht käme keiner rein. Eigentlich der perfekte Unterschlupf. Sollen wir das Wagnis eingehen? Ein letztes Mal sehe ich mich um, aber kann wirklich niemanden sehen. Danach öffne ich mit aller Kraft die kleine Scheunentür, die geht auf und ich winke Kolja zu, dass er mir helfen soll. Dieser steigt aus und als wir das Tor geöffnet haben, fährt er mit dem Auto in die Scheune. Zügig schließe ich sie und sichere die Tür mit einem Balken. So einfach wird keiner hier reinkommen. Bevor ich mich ins Auto setze, hole ich einen der Kanister und schütte Benzin in den Tank, damit wir im Falle eines Falles zügig loskönnen. Danach setze ich mich sofort ins Auto und wir schließen wieder ab.

»Lisa, würdest du mir den Rucksack geben, dann essen wir etwas und danach schlafen wir. Ich bin ehrlich gesagt hundemüde und irgendwie glaube ich, dass wir hier sicher sind. Da ist die Scheune, die wir verriegelt haben, und auch das Auto ist geschlossen.« Nur wenig später sind wir alle drei eingeschlafen und erwachen erst nach Stunden wieder nach einem kurzen Frühstück, das man sicherlich nicht unbedingt so nennen kann. Wir verlassen unsere Notunterkunft und fahren weiter Richtung Flensburg. Mir ist schleierhaft, wie es Kolja schaffen will, über diese erste Grenze nach Dänemark zu gelangen, aber er ist stur und fährt über Nebenstrecken immer weiter. Je weiter nördlich wir fahren, desto weniger Fahrzeuge begegnen uns. Wie Kolja es schafft, an allen Kontrollen vorbei zu gelangen, ist geradezu ein Wunder. Immer wenn wir in der Ferne ein Fahrzeug mit Blaulicht sehen, biegt er in eine Nebenstraße ab oder wir halten und ducken uns. Bisher hatten wir jedes Mal Glück. Als wir am späten Abend in der Nähe von Flensburg sind, also an der Grenze zu Dänemark, wird es spannend. Hier stehen unendlich viele Kontrollen und ein unbemerktes Durchkommen ist in meinen Augen nicht möglich, zumindest nicht mit dem Auto. Kolja hält an.

»Hast du eine Idee?«

»Ja, aber ich habe keine Ahnung, ob sie klappt.«

»Wie lautet deine Idee?« Er dreht sich zu mir um.

»Du ... ihr ... ich werde sagen, dass ihr meine Geschwister seid, dass wir auf einer Ferienfreizeit mit meiner älteren Schwester waren und diese jetzt tot ist. Umgekommen im Tsunami, und ihr völlig apathisch und geschockt seid. Ich die Verantwortung habe und euch zu den Eltern zurückbringen muss. Ihr werdet nichts sagen. Lisa, du musst weinen und völlig fertig sein und dich an Paul klammern, und du Paul, stiere aus dem Fenster. Du musst völlig neben dir stehen. Nur so kann es gelingen und dieser Plan alleine ist schon vage genug. Ist hier im Auto was zum Schreiben?« Ich schaue im Handschuhfach nach und sehe einen Block und einen Stift.

»Setzt dich nach hinten. Ich werde es versuchen. Wenn es nicht klappen sollte, dann ... ich werde versuchen abzuhauen, und alleine über die Grenze zu kommen. Ihr sagt den Beamten in dem Fall, wer ihr seid, und dass ihr eure Mutter sucht, einverstanden?« Ich nicke nur.

»Lisa, heul! Du musst ein total verweintes Gesicht haben. Paul?«

»Ok. Ich setze mich zu Lisa. Wenn ... wenn es nicht klappt ... und irgendwann alles vorbei ist, dann suchen wir uns, ja?«

»Einverstanden. Aber ich habe nicht vor, dass

unsere Reise hier endet.« Nachdem wir es uns auf
den Rücksitzen mehr oder weniger bequem gemacht
haben, fährt Kolja los. Und wird auch sofort von
vermummten Grenzsoldaten angehalten. Er hält nur
den Block hoch, öffnet aber nicht das Fenster. Er ruft
laut:

»Wir sind nicht krank. Wir sind gesund, hatten
keinen Kontakt zu niemandem.«.

»Ihr könnt hier nicht durch.«

»Wir kommen aus Schweden. Wir müssen nach
Hause, unsere Schwester ist tot und meine Geschwister, sie sind völlig geschockt. Ich will nur nach Hause
mit ihnen und bitte … wir sind nicht krank, wir
werden das Auto nicht verlassen. Wir wollen nur zur
Brücke kommen. Wir möchten bitte zur Brücke.«

»Sie ist geschlossen. Niemand darf rüber.«

»Aber wir sind Schweden, wir sind nicht krank.
Bitte lassen sie es mich versuchen. Wir wollen zu
unseren Eltern.« Der Beamte spricht mit einem anderen. Nach einer gefühlten Ewigkeit, tritt er wieder
näher zum Auto. Sieht zu Lisa, die wimmernd an
mich geklammert eine hervorragende Schauspielleis-
tung vollbringt.

»Das sind deine Geschwister?«

»Ja. Lisa hat gesehen, wie Karla, das … das war
unsere Schwester, von der Welle erfasst und wegge-
rissen wurde. Paul konnte sie nicht festhalten, er hat
nicht mehr geredet. Bitte, ich kann diese Verantwortung nicht alleine tragen. Unsere Eltern leben, wir
haben mit ihnen telefoniert als das Netz noch ging.

Sie sind in unser Haus weit weg von irgendwelchen Dörfern gefahren. Dort ist keine Krankheit. Bitte, ich fahre auch hinter einem Auto von ihnen her. Der Beamte bespricht sich erneut mit seinem Kollegen, der den Kopf schüttelt, dann aber rast ein zweites Fahrzeug zur Grenze heran, stoppt jedoch nicht, sondern fährt, ohne zu bremsen, auf die Beamten zu. Er rast einfach weiter und die Grenzbeamten hechten in ihre Autos und rasen dem Mann hinterher. Der nettere Beamte sieht zu uns und deutet Kolja an zu verschwinden, rennt danach ebenfalls diesem anderen Fahrzeug nach, das die Grenze einfach so durchbrochen hat.

»Gib Gas, Kolja!« Was er sofort tut. Wir habend die Grenze bald weit hinter uns gelassen und fahren wider über Nebenstrecken zu der großen Brücke. Diese ist geschlossen. Wie könnte es auch anders sein. Panzer und viel Militär stehen am Eingang und an ein Durchkommen ist nicht zu denken. Kolja will auch hier nicht aussteigen, da er Angst hat, sich anzustecken. Wieder treten Soldaten zu uns und Kolja lügt wie gedruckt, dass man uns durchgelassen hat, weil wir schwedische Staatsbürger sind und dass wir nach Hause zu unseren Eltern möchten. Wir keinen Kontakt hatten zu niemanden, dass wir nur nach Hause wollen. Es dauert mindestens eine Stunde, bis er zurückkommt. Und dann hören wir die Worte, die wir beinahe nicht glauben können. Wir werden durchgelassen. Dürfen nach Schweden fahren.

»Drüben kommt ihr in Quarantäne, man wird

euch nicht ins Land lassen, bevor nicht sicher ist, dass ihr nicht ansteckend seid. Ihr müsst im Auto sitzen bleiben, bis man sich sicher ist, dass ihr gesund seid. Erst danach dürft ihr weiterfahren. Haut ab.« Und dann sind wir auf dieser Brücke. Immer wieder treffen wir auf Soldaten des Grenzschutzes, doch sie winken uns durch. Am anderen Ende werden wir in ein Zelt geleitet. Dort fragt man Kolja, wer wir sind und wohin wir wollen. Weshalb wir in Deutschland waren und vieles mehr. Wir könnten auffliegen, wenn sie unsere Namen nicht finden doch es scheint so, als ob ihnen wichtiger ist, ob wir gesund sind, und das sind wir. Nach einer weiteren Nacht dürfen wir tatsächlich weiterreisen und Kolja fährt mit uns zu seinen Eltern.

DREIZEHN

Thomas

»GUTEN TAG, MEIN NAME IST THOMAS REESERT, ICH bin der Leiter des Mauna-Kea-Observatorium. Ich muss mit einem Verantwortlichen sprechen und zwar augenblicklich.«

»Sie schon wieder? Wird das jetzt etwas, das sich öfter wiederholt? Meine Güte, mein Rat an Sie, sollten Sie ihren Job behalten wollen, müssen sie die Finger von den Drogen und vom Alkohol lassen, wenn es wirklich stimmt, dass Sie dort arbeiten, was ich schwer bezweifle. Sagten Sie nicht letztens etwas von Aliens und einem Raumschiff?« Da ich ja weiß, dass sie mich abhören ignoriere ich den Kerl einfach und rede drauflos in der Hoffnung, dass sich in Kürze jemand bei mir meldet.

»Ich habe wichtige neue Informationen bezüglich der Einschläge. Professor Lars Römer aus Deutschland hat sich bei mir gemeldet. Auch wenn ihr ihn nicht für voll genommen habt oder denkt, ihr seid schlauer als er, hat er mir etwas zugespielt. Ich soll entscheiden, ob ich es an unsere Regierung weiterleiten will, und das möchte ich nicht nur, das muss ich, denn es ist verdammt wichtig! Jetzt geht endlich jemand ans Telefon und spricht mit mir! Ich habe Videomaterial von dem Artefakt, das in die Nordsee gefallen ist bzw. was sich daraus entwickelt hat. Sie müssen reagieren!«

»Sagen sie mal, jetzt reicht es aber, Sie können doch hier nicht anrufen und irgendwelchen Cyberscheiß daherreden. Wir sind hier die United States Department of Homeland Security [DHS]). Eine Behörde, die Wichtigeres zu tun hat, als besoffene Spinner zu unterhalten. Ich werde Sie anzeigen und dafür Sorge tragen, dass man ihnen die Leitung von was auch immer wegnimmt, sollte dies überhaupt stimmen. Und jetzt legen sie auf, damit die Menschen hier anrufen können, die etwas wirklich Wichtiges zu sagen haben.« Ich versuche es ein letztes Mal.

»Bitte melden Sie sich bei mir, ich bin im Observatorium und ich bin, wie ich es Ihnen mitgeteilt habe, im Besitz eines Videos, das sie sich umgehend ansehen sollten. Ich werde dieses Material in diesen Minuten online stellen, denn ich lasse nicht zu, dass Sie dies den Menschen nicht vermitteln.« Womöglich hilft ja diese letzte Drohung, dass sie mir glauben und ich mit einem Verantwortlichen sprechen kann. Es scheint zu funktionieren. Traurig, dass man erst Drohungen aussprechen muss. Denn kaum habe ich aufgelegt, klingelt das Telefon.

»Ja?«

»Bleiben Sie, wo Sie sind. Es wird jemand kommen und das Material sichten. Wehe, Sie ...«

»Drohen Sie mir nicht, Mr.! Sie haben uns hier kaltgestellt und das, obwohl wir hier arbeiten und helfen könnten. Wir kennen uns aus und wir Wissenschaftler sind von Natur aus neugierig. Wir haben ein Recht darauf, dieses Raumschiff zu erforschen. Glauben Sie wirklich, dass niemand dieses unbekannte riesige Flugobjekt gesehen hat? Sie haben die Frechheit, mich abzuhören und mir zu drohen! Zu glauben, dass Sie allwissend sind und die Sache unter Kontrolle haben, nur weil Sie das Internet kontrollieren. Sie sind wohl der Meinung, dass Sie bisher einen guten Job machen, das Sie eine Panik verhindern konnten und wir dieses in Europa grassierende Bakterium hier noch nicht haben. Aber Sie sind doch wieder so strohdumm, sich keine Gedanken darüber zu machen, was da wohl vom Himmel gefallen ist. Oder in den Amazonas, haben sie da nachgesehen? Oder bin ich tatsächlich auf dem Holzweg und Sie wissen es und haben eine Ahnung, was im Amazons los ist? Wenn ja ... entschuldige ich mich und hoffe, Sie haben eine verdammt gute Idee ...«

»Ein Navy-Seal-Team ist unterwegs.«

»Das hoffentlich gut geschützt ist mit Atemmasken?«

»Das überlassen Sie bitte uns.«

»Klar, nicht zu viel fragen. Feuerwerfer wären aber auch noch gut, wenn die Jungs die dabeihätten.«

»Was reden Sie für einen Quatsch und um was für ein Video handelt es sich. Vom Raumschiff gibt es genügend hochauflösende Aufnahmen ...«

»... die Sie uns weggenommen haben. Darf ich erfahren, wie es den Astronauten auf der ISS geht?«

»Gut.«

»Was ist auf dem Video zu sehen.« So langsam macht es mir Spaß, den Kerl etwas hinzuhalten, auch wenn ich weiß, dass es dumm ist. Er sitzt definitiv am längeren Hebel, aber ich habe die Information, die er will und auch benötigt.

»Ich hoffe für das Team, dass Sie Funkkontakt haben. Denn die Soldaten müssen wissen, in was für eine Schlangengrube sie treten und das ist wirklich etwas in dieser Art. Das Teil, das auf die Erde abgefeuert wurde und in der Nordsee gelandet ist, lebt.

»Wie bitte?«

»Richtig gehört. Wenn es selber kein Lebewesen ist, dann lebt zumindest das, was es transportiert hat. Es hat eine Art Laich oder Eier ausgestoßen und aus diesen wiederum sind Wesen ausgeschlüpft.«

»Sie sind wirklich betrunken, oder?«

»Nein, das Team eines U-Bootes hat ein Video davon gemacht und auch von dem, was aus diesen Eiern ausgeschlüpft ist und sich nun auf die deutsch-niederländische Küste zubewegt. Und ja, Sie könnten jetzt sagen, was kümmern uns Deutschland oder die Niederlande, aber können wir das wirklich? Wir wissen nicht, um was es sich dabei handelt und auch nicht, ob dasselbe im Amazon geschieht, weit weg von jeglicher Zivilisation. Was, wenn sie genau darauf spekuliert haben?«

»Das Video. Schicken Sie es mir zu. Jetzt!« Er rattert eine E-Mail-Adresse herunter und ich bin so fair, ihm das Material zuzusenden, denn alles andere wäre, wie Lars sagte, nicht gut. Solange das Video übertragen wird, rede ich weiter:

»Lars vermutet, dass es im Mittelmeer ähnlich ausschaut. Dort hat sicherlich noch niemand nachgesehen, denn die Tsunami-Schäden sind dort immens und die Temperaturen extrem hoch. Wir hätten uns nicht zurückziehen dürfen, sondern helfen müssen. Aber vor allem ein U-Boot in die Nähe des Einschlagorts senden sollen. Sei es die Nordsee oder das Mittelmeer. Es geht hier um eine Bedrohung aus dem All, nicht von irgendwelchen Regierungen. Das hier geht uns alle etwas an. Und Befindlichkeiten welcher Art auch immer sind mal so was von fehl am Platze. Aber das ist meine Meinung. Die Regierung dort ist damit beschäftigt, zu organisieren, dass die Leichen geborgen werden und gleichzeitig aufzupassen, dass sich die Menschen nicht weiter anstecken. Dort herrscht die pure Panik und alle flüchten. Aber gerade das darf nicht geschehen. Die Grenzen zu Frankreich und Österreich sind längst zu und man überlässt die Menschen sich selbst oder dem Tod. Deutschland hat fahrlässig noch nicht abgeriegelt. In den Augen von Lars ist das etwas, das ein Unding ist.« Er scheint nun das Video gesichtet zu haben, denn er ruft entsetzt:

»Meine Güte. Das ist echt? Ich meine, es könnte sich ja wirklich um Tiere handeln.«

»Und morgen klopft der Weihnachtsmann bei Ihnen an?«

»Sie meinen ...«

»Glauben sie wirklich, was sie gerade von sich gegeben haben? Das, was sie da sehen, sind Wesen aus einer anderen Welt. Wir haben keine Kenntnis, was sie eigentlich sind, zu was sie sich entwickeln, noch was sie vorhaben. Zudem wissen wir nicht, ob sie gut oder böse sind. Aber sie haben in Kauf genommen, dass bei ihrem Einschlag auf die Erde Millionen von Menschen getötet wurden. Dass sie zudem nach ihrer Ankunft durch das Bakterium, das sie ausgestoßen oder verbreitet haben, noch viel mehr getötet haben. Ich habe nirgends eine weiße Fahne gesehen, die sagt, dass sie in friedlicher · Absicht gekommen sind. Bei ihrer fortschrittlichen Technologie sollte man denken, dass Sie so intelligent sind und dies auch in Erfahrung gebracht haben, dass wir nun mal so ticken. Lars wird seiner Regierung vorschlagen, dass man die Viecher, oder was auch immer sie sind, an der Küste mit schwerem Gerät begrüßt, um sie daran zu hindern, an Land zu kommen.«

»Aber sie schwimmen und laufen nicht, wie sollten sie?«

»Sollten sie was?«

»An Land kommen.«

»Die Frage müsste eher lauten, wie schnell sie sich

zu was entwickeln. Vom Einschlag bis heute sind es gerade mal wenige Tage und sie haben sich aus ihrer schützenden Hülle gelöst, sind etwa 10 -20 cm groß und können schwimmen. Was passiert also in den kommenden drei Tagen mit ihnen, bis sie zumindest das Land in Europa erreichen? Wir wissen es schlicht nicht. In diesen Minuten werden ein paar Exemplare an ein Labor geschickt, damit man sie untersuchen kann, um herauszubekommen, was sie denn sind. Wenn das möglich ist… Also, Mr. mir unbekannt. Haben die Navy Seals Feuerwerfer dabei? Denn sie könnten in Kürze auf einen Schwarm Kaulquappen treffen, wenn die Kugel im Wasser gelandet ist oder aber sie sind womöglich bereits dabei, sich über Land zu verbreiten.« Ohne dass ich eine Antwort erhalte, aber auch ohne eine weitere Drohung, wird die Leitung gekappt und ich höre nur Stille, wende mich meinen Kollegen zu, die mich erstaunt, aber mehr noch neugierig beobachten. Da ich den Anruf auf die Lautsprecher geschaltet hatte, haben sie alle mitgehört, was gesprochen wurde. Ich werde die Regierung informieren oder habe es getan, und werde nichts mehr verheimlichen.

»Ihr habt es gehört, ich habe ein Video. Ich hoffe, es fasziniert euch wie mich und verstört euch nicht. Aber es ist real und was wir damit anstellen, was die Regierung mit dieser Information anfängt, wird interessant werden. Ich lasse das Video auf dem großen Bildschirm abspielen und ein Raunen geht durch die

Anwesenden, als sie die pulsierende Kugel sehen. Einer fragt laut:

»Was wabbelt da um sie herum?«

»Eine Art Laich, so nennt es Lars. Es geht aber weiter. Dieses Video haben die Soldaten auf dem U-Boot nur wenige Stunden später gemacht. Lars war mit an Bord.« Die Stimmen werden lauter, sie diskutieren miteinander. »Was zur Hölle passiert da?«

»Jetzt kommt der Knüller. Dieses Video wurde nur wenig später gemacht.« Nun ist es unruhig im Raum. »Sie schwimmen wohin? Weiß man das?«

»Richtung Küste, scheinbar auf dem kürzesten Weg.«

»Aber was sind sie?«

»Die Frage sollte eher heißen, was werden sie und was wollen sie und vor allem: Wie können wir sie aufhalten?«

Im Raum ist es ruhig, zu ruhig jeder sinnt irgendwie vor sich hin. Wir warten ab, was nun passiert. Kommt jemand von Homeland, oder nicht? Werden wir informiert, wie es weitergeht, oder nicht?

»Was nun?«

»Ganz ehrlich, ich würde euch raten, eure Familien anzurufen. Egal ob wir abgehört werden oder nicht. Oder fahrt heim. Sie sollen sich mit Lebensmitteln und Trinkwasser eindecken und verbarrikadieren. Wenn das publik wird, und das wird es werden, dann ist auch hier die Hölle los.«

VIERZEHN

Lars

NACHDEM ICH AUFGELEGT HABE, ATME ICH TIEF durch. Mich sehen alle an, als ob ich ein Herrscher wäre und wüsste, was zu tun ist. Selbst Pepper, der ein erfahrener Teamführer ist, sieht abwartend zu mir. Ergeben oder auch fast ein wenig belustigt ob der Erwartung in mich salutiere ich vor ihnen und sage:

»Die Regierung. Chris, wir müssen mit Zöllner oder einem anderen Regierungsmitglied sprechen. So schwer wie bei Thomas wird es hoffentlich nicht sein. Er müsste doch über Satellit erreichbar sein und die Videos bitte nochmals fertig generieren für die Übertragung. Auch ins freie Netz. Wenn sie diesmal wieder nicht reagieren, werden wir das publik machen. Womöglich auch, wenn sie es veröffentlichen, das werden wir nach dem Gespräch entscheiden. Letztlich müssen wir uns selber helfen.« Pepper meint: »Altman hatte sicher seine Nummer. Er hat uns ja auch befohlen, euch nicht nach Berlin, sondern zum Bunker zu fliegen. Chris, du kannst doch ... «

»Bin bereits dabei, das wird zur Abwechslung mal was sein, das wir in Kürze erledigen können.« Er hat recht, nach nur wenigen Minuten höre ich über Lautsprecher die unangenehme Stimme dieses Herrn Zöllner. Doch er überrascht mich, denn der Tonfall ist ein gänzlich anderer als bei unserem letzten Aufeinandertreffen. Sie klingt geradezu zahm.

»Professor?«

»»Herr Zöllner?« Ich bin erst einmal still. Mal sehen, wie gemäßigt er tatsächlich ist.

»Ok. Sie hatten recht, zufrieden?« Ich denke nur wow!

»Da ich kein Mensch bin, der nachtragend ist, nehme ich Ihre Entschuldigung an, sollte dies eine sein. Da Sie zugeben, dass wir recht hatten, Sie uns besser hätten glauben sollen. Wir haben weitere Informationen und wir hegen die Hoffnung, dass Sie diesmal zuhören und was tun.«

»Was sind das für Hinweise?« Ich bin still.

»Ja, verdammt, jetzt rücken Sie schon damit raus, wir hören zu.«

»Gut, denn wir haben bereits mit Thomas Reesert gesprochen. Er hat die Behörden in den USA ebenfalls informiert. Sie kennen ihn. Er war einer der Wissenschaftler, die mit am runden Tisch saßen.«

»Die Amerikaner hatten sich verabschiedet.«

»Stimmt, aber nicht ohne Grund, sie werden nun zuhören. Das Problem, das wir haben, muss global gelöst werden. Empfindlichkeiten, das sagte ich bereits vor Tagen, sollten Sie weit an den Schluss ihrer Prioritätenliste setzen. Und einer muss anfangen, um Hilfe zu bitten oder zuzugeben, dass man mit der Situation alleine überfordert ist. Außerdem werde ich die Videos an die Öffentlichkeit weiterleiten.«

»Welche Videos!«

»Haben Sie eine E-Mail-Adresse, an die ich Ihnen etwas zusenden kann?« Tatsächlich bekommen wir sofort eine genannt und Sponkey drückt auf den Knopf. »Rufen sie mich an, wenn Sie sie gesichtet haben und Zöllner – Sie sollten anrufen. Wir müssen uns beeilen.«

Kaum habe ich aufgelegt, steht Pepper vor mir und reicht mir sein Handy.

»Ja?«

»Die Jungs haben das Paket abgegeben.«

»Super, das wird interessant werden.«

»Nicht wirklich.«

»Weshalb?«

»Sie sollten rangehen.«

»Professor Römer?«

»Ja?«

»Mein Name ist Dr. Norbert Hirlacher. Die Wesen, die sie uns gebracht haben, sind extrem dezimiert.«

»Wie, dezimiert?«

»Es wird Sie interessieren, aber von den ehemals drei gibt es nur noch eines und das ist ...«

»Wie das?«

»Sie haben sich selber gefressen. Das letzte ist ebenfalls bereits tot und beginnt sich aufzulösen. Wir werden nicht viel damit anfangen können. Das Einzige, was wir untersuchen können, ist das Wasser. Das, davon gehen wir erst einmal aus, wird kontaminiert sein. Ich werde Ihnen so schnell es geht Informationen zukommen lassen. Noch schwimmen Reste von ihm im Gefäß herum, vielleicht reicht es. Haben sie die Regierungsvertreter darüber informiert? Und Professor, wie groß ist die Gefahr?«

»Um Ihre Fragen zu beantworten. Wir sind in Kontakt und nein, ich kann Ihnen nicht sagen, wie groß die Gefahr ist, aber klein dürfte sie nicht sein.« Danach lege ich auf. Fassungslos sehe ich die anderen an. Chris meint nur:

»Das, würde ich sagen, beantwortet uns zumindest eine Frage.«

»Die da wäre?«

»Ob sie intelligent sind.«

»Richtig. Das sind sie, würde ich mal sagen.« Ich habe diese Information noch nicht wirklich verarbeitet, da klingelt das Telefon.

»Ja?«

»Was schlagen Sie vor?« Die Stimme von Zöllner ist zu hören.

»So viele wie möglich zu töten. Wir müssen auch die italienische und französische Regierung informieren. Wir sind uns sicher, dass auch dort welche an Land kommen werden.«

»Glauben Sie, dass wir sie aufhalten können?«

»Meine ehrliche Meinung?«

»Ja.«

»Nein. Aber dezimieren.«

»Und dann?«

»Möge wer auch immer uns helfen. Wir werden abwarten müssen, was auf uns zukommt. Ich bin mir aber sicher, etwas Gutes wird es nicht sein, und Herr Zöllner, wehe Sie sanktionieren Axel Moor und sein Team, oder auch die Jungs von Eckerfjörde, die unter Einsatz ihres Lebens dieses Video gemacht haben, die Stellung halten und drei von diesen Teilen eingefangen und ins Labor geflogen haben.«

»Sie haben was getan?«

»Sie haben Aliens gejagt. Das hilft uns aber nicht besonders viel, da ich vor wenigen Minuten erfahren habe, dass die Wesen sich selbst getötet haben und sich auflösen.« Stille am anderen Ende der Leitung.

»Denken Sie, wir sollten eine Bombe abwerfen?«

»Sie haben Strategen, die für so etwas ausgebildet sind.« Zöllner lacht und meint:

»Ja klar.«

»Feuerwerfer, Bomben, einfach alles. Wir können mit Radar und Luftüberwachung gewiss exakt herausfinden, wo sie an Land treffen werden, und dann müssen wir versuchen, so viele wie möglich zu töten. Ob es hilft, kann ich nicht sagen. Ob die Zeit reicht, das alles zu organisieren, weiß ich ebenfalls nicht. Die Soldaten oder Feuerwehrleute oder wer auch immer, sie werden Schutzkleidung benötigen, um nicht an diesem Bakterium zu erkranken. Was ich aber mit

Sicherheit sagen kann, ist, dass wir etwas tun müssen.« Interessant ist, dass Zöllner uns von sich aus Informationen liefert. »Das Raumschiff, ich weiß nicht, ob sie davon auf welche Wege auch immer Kenntnisse erlangt haben, ist verschwunden und wenn ich sage weg, dann meine ich das so. Die Mitarbeiter an den verschiedenen Standorten der Luft- und Raumfahrtzentren in Deutschland sagen alle dasselbe. Es gibt keinerlei Nachhall oder irgendeine Spur, nichts, es scheint so, als ob es nie dagewesen wäre.« Ich nicke nur und spreche das aus, was ich im Moment für das Richtige halte. Was mir mein Bauchgefühl sagt, dass es nicht gut ist, wenn diese Wesen an Land treffen. Das es, gelinde gesagt, beschissen ist, dass sie überhaupt hier sind.

»Sorgen wir dafür, dass sie nicht an Land treffen und an dem, was sie hier zu tun gedenken, gehindert werden.«

FÜNFZEHN

Thomas

TAG 6: FREITAG - 20.08

Nur wenige Stunden später treffen Mitarbeiter von Homeland ein. Oder sind es Agenten der CIA oder des FBI? Wir können es nicht sagen, denn sie stellen sich auch nicht vor. Sie verteilen sich strategisch im Raum, so ist zumindest mein Gefühl. Gerade so, als ob wir Verbrecher wären. Einer stellt sich wie ein Türsteher an die Tür die nach draußen führt. Ein weiterer Mann tritt zielstrebig zum Kontrollbereich und tippt am PC herum. Woher er das Masterpasswort hat, frage ich mich zwar, aber mir scheint nichts, was hier drinnen vor sich ging, war in irgendeiner Form vor deren Augen sicher. Der dritte sorgt dafür, dass nur ich und meine engsten Mitarbeiter im Raum sind. Alle anderen werden nach draußen geleitet. Wir wehren uns nicht, sondern gehorchen, wie brave Staatsbürger das nun mal tun. Als wir nur noch zu fünft mit den drei Agenten im Raum sind, tippt der eine nochmals am PC herum, und auf den Monitoren baut sich ein Bild auf, das uns alle tief durchatmen lässt. Nun bin ich, sind wir, mehr als gespannt, was nun folgt, denn wir stehen gefühlt mittendrin in der Zentrale des Krisenstabs. Den Militärs nach und dem hektischen Treiben haben sie alles auf ihre Weise im Griff. Ich muss nicht fragen, was das ist, sondern kann es erkennen und mir wird auch bewusst, dass die Behörden, jetzt da sie um die akute Gefahr wissen, endlich etwas unternehmen. Das wiederum machen sie wenigstens effektiv. Sie haben also die Gefahr, die Lars und auch ich als eine ansehen, ebenso erkannt und reagieren. Einer meiner Mitarbeiter flüstert mir zu.

»Ist das ein MQ-9 Reaper, eine Kampfdrohne?«

»Keine Ahnung, was eine MQ-9 ist, sieht mir aber nach einer Drohne aus, die sehr gefährlich sein könnte.« Er flüstert mir weiter zu

»Sie wird auch *Sensenmann* genannt, und ich glaube, sie bombardieren damit Terroristen.«

»In dem Fall wohl eher Aliens.« Fasziniert betrachten wir den Bildschirm und sehen, wie die Drohne startet. Ein Mitarbeiter rattert die Zielkoordinaten runter und ein anderer gibt sein Ok. Sie werden eingegeben und werden auf dem Bildschirm angezeigt. Ich wende mich zu dem Mann am Kontrollbord, der uns dorthin geschaltet hat.

»Sie bombardieren wirklich? Wie lange wird es dauern, bis die Drohne am Zielort ist? Und waren da nicht Soldaten? Und wenn andere Personen dort ...« Er sieht mich mit einem Blick an, der mir die Sprache verschlägt, und ich wende mich wieder fasziniert dem Bildschirm zu. Wir sind zum Zuhören verdammt, aber als Strafe sehe ich das im Augenblick wirklich nicht an. Durch den Start der Drohne ist mir gänzlich entgangen, dass die Zentrale, wo auch immer sie ist, Funkkontakt zum Seal-Team hat. Die Drohne wird auf einen anderen Bildschirm geschaltet und auf dem großen erkennen wir nun, wie die Soldaten in diesen Sekunden in einen Hubschrauber steigen und kurz danach abheben. Als sie in der Luft sind und weiterfilmen, kann man die Dimension der Schäden, die der Einschlag hinterlassen hat, erkennen. Die Frage nach anderen Menschen dort, nach Überlebenden, muss ich nicht stellen. Die Angst, womöglich durch den Abschuss unschuldige Menschen zu töten, stellt sich nicht, sie ist unbegründet, niemand oder nichts wird dort überlebt haben, als dieses Artefakt eingeschlagen ist. Ob die Aliens leben, kann ich nicht sagen, aber ich bin ehrlicherweise derselben Meinung wie unsere Regierung: Lieber nochmal etwas obendrauf werfen, damit wirklich alles tot ist, was dort unten sein könnte. Es ist unglaublich interessant, zu sehen, wie in dieser Zentrale gearbeitet wird. Die Minuten vergehen zügig und wir bekommen mit, dass Kontakt zu anderen Ländern besteht. Wow, wie schnell sich etwas verändern kann, wenn man nur will. Ich wage es erneut, eine Frage zu stellen:

»Kommunizieren Sie auch mit den russischen Behörden?« Wieder bekomme ich nur einen bösen Blick ab, allerdings erhebt sich diesmal ein Mann in militärischer Uniform und sieht zu meiner Überraschung direkt zu mir.

»Wow, sehen und hören Sie uns auch?«

»Selbstverständlich.« Ich blicke zu dem Kerl, der mit mir spricht und meine Frage beantwortet.

»Die Russen haben Ihr Video oder das von den Deutschen erhalten, was sie daraus machen, ist ihre Angelegenheit. Doch so, wie wir das sehen, sind sie zu derselben Schlussfolgerung gekommen wie wir. Zumindest haben wir vermehrte Aktivitäten auf einem der Militärstützpunkte in der Nähe des Einschlages registriert. Wir gehen davon aus, dass sie in Kürze eine Maschine starten und am Einschlagsort eine Bombe abwerfen. Da sie dort seit Tagen alles abgeriegelt haben, keiner der dort in diesem Umkreis lebt oder sich aufhält, rein oder raus darf, werden sie durch diesen Abwurf das Problem mit der Ausbreitung des Bakteriums unter Kontrolle bringen.« Mir wird schlecht. Das Gebiet ist zwar dünn besiedelt, aber es werden gewiss noch Menschen leben. Andererseits sind sie, wenn sie dem Bakterium ausgesetzt waren, dem Tode geweiht und es geht durch diese schreckliche Tat schneller. Aber Gott zu spielen ist nichts, was ich befürworte. Deshalb habe ich nie gedient, war nie Soldat, aber tief in mir weiß ich, dass dies eine Möglichkeit ist, die zwar viele Menschen töten wird, aber vermutlich noch mehr retten kann. Die Zeit vergeht wie im Fluge. Die Militärs erhalten eine Bestätigung, dass die Russen einen Abschuss vorgenommen haben. Was werden die Europäer tun?

Ihre Möglichkeiten sind nicht einfach, da sich die Wesen im Wasser befinden. Im Meer. Eine Antwort erhalte ich noch nicht, aber wir hören eine weitere Stunde später:

»Zielkoordinaten sind in fünf Minuten erreicht.« Aufmerksam beobachte ich den Bildschirm. Die Drohne filmt sich selber und auch das, was unten am Boden ist, zudem werden sicherlich auch Militärsatelliten zugeschaltet sein. Auf dem Monitor sehen wir, wie die Drohne ihre tödliche Fracht abwirft und nur wenig später ist ein Feuerball auf dem Bildschirm zu erkennen. Wir hören nichts. Blicken nur fasziniert darauf, was die Drohne filmt. Als die Anwesenden alle klatschen, fällt mir ein Stein vom Herzen. Mir scheint, dass dies auch allen anderen so geht. Ich wende mich dem Herrn am PC zu.

»Darf ich telefonieren oder ist das verboten?«

»Wen möchten Sie anrufen?«

»Lars Römer.« Auf dem Bildschirm ist dieser Mann wieder zu erkennen, der mich zuvor angesprochen hat, und er meint:

»Professor Römer wurde über diese Aktion bereits informiert. Er kann im Moment nicht mit Ihnen reden da er sich mit seiner Regierung darauf vorbereitet, die Ankunft der Wesen an Land zu verhindern. Sie dürfen von mir aus mit ihm kommunizieren, doch nur mit ihm.«

SECHZEHN

Die Ankunft

Es ist der 23.08., ein bedeutender Tag, der in die Geschichte der Menschheit eingehen wird. Wenn wir danach noch eine haben werden. Die Aliens oder wie auch immer sie diese Wesen nennen möchten, werden heute an Land treffen und dann auf die Menschen. Zöllner hat entweder wirklich die Hosen voll, oder er bekam so viel Druck, dass er eingeknickt ist, jedenfalls ist er handzahm. Wir wissen nicht alles, aber einiges und vieles mehr als ein Großteil der Menschheit. Thomas darf wieder frei telefonieren, es wird zwar gewiss noch weiterhin jedes Gespräch abgehört, doch er darf zumindest mit mir oder uns Kontakt aufnehmen. Laut ihm wurde das Navy-Seal Team, nachdem sie das Videomaterial erhalten hatten, sofort zurückbeordert. Man kann den Amis vieles unterstellen, aber eines nicht − bei einer Bedrohungslage sind sie echt schnell. Sie zögern nicht, Entscheidungen zu treffen, die in den Augen vieler fragwürdig sind und gewiss der Diskussion bedürfen. Doch sie haben sich auf keine eingelassen, im Gegenteil. Es wurde eine Drohne gestartet und ohne großartige Kommunikation mit der brasilianischen Regierung eine Bombe im Amazonas abgeworfen. Ich frage nicht nach, was es für eine es war, wer oder was getötet wurde und womöglich für immer von der Erde verschwunden ist, aber ich hoffe und wünsche mir für die Menschen, dass uns von dort keine Gefahr mehr droht. Den Berichten nach haben auch die Russen ähnlich reagiert und eine Bombe auf die Einschlagstelle abgeworfen. Somit auch indirekt zugegeben, dass sie dort ein Problem haben. Jetzt kommt es auf uns an. Auf die Europäer. Die Niederländer und auch die Deutschen arbeiten Hand in Hand. Den südlichen Ländern helfen zusätzlich die Amerikaner, die Italiener, Spanier und Franzosen haben ihre Militärs an die Küste gesandt, um die Wesen daran zu hindern, an Land zu gelangen. Ob es gelingt, werden wir in nicht allzu langer Zeit bemerken. Die Chance ist gering. Aber sie ist da. Mit Schutzanzügen ausgestattet stehen wir in dritter Reihe und beobachten das Geschehen aus einer gewissen Entfernung. Pepper und seine Jungs haben uns hierhergeflogen. Michi, Chris und selbst Sponkey wollten sich das hier nicht entgehen lassen. Zöllner war nicht erfreut darüber, aber er hat uns, wenn auch widerwillig, entsprechend ausgestattet. Nun stehen wir alle in gelben Schutzanzügen neben dem Helikopter und fragen uns, was in wenigen Minuten passieren wird. Ich versuche, die fürchterlichen Schäden um uns herum zu ignorieren. Überall liegen Trümmer und wenn man sich traut, sich genauer umzusehen, sieht man auch tote Menschen. Zudem liegt der beißende Geruch von Verbranntem in der Luft der die Filter der Schutzanzüge durchdringt. Von Zöllner haben wir erfahren, dass die Behörden keine andere Wahl hatten, als den Helfern die Erlaubnis dazu zu geben. Mit DAZU meine ich, dass sie zum Schutz vor weiteren Seuchen, die durch die nicht enden wollende Hitzewelle auszubrechen drohen, die vielen toten Tiere zu verbrennen. Bald aber brannten nicht nur die toten Tiere. Es gibt einfach viel zu viele tote Menschen, diejenigen, die durch den Tsunami umgekommen sind und später durch dieses Bakterium. Es ist nicht möglich, sie alle zu kühlen, wie auch, sie müssten dazu zuerst einmal geborgen werden. Sie danach auf christliche traditionelle Weise zu beerdigen, dazu fehlt die Zeit und letztlich auch jemand, der dies tun könnte. Die Helfer begannen in ihrer Verzweiflung alle zu verbrennen. Verständlich, denn wir reden hier nicht von ein paar Tausenden, sondern von Hunderttausenden von toten Menschen. Es ist schlimm, eine noch nie dagewesene Katastrophe, die die Menschen an den Rand des Erträglichen bringt. Heute das Ausmaß mit eigenen Augen zu erblicken, zu erleben und zu riechen, ist etwas gänzlich Anderes, als im Institut vor dem Rechner zu sitzen und das, was wir sehen, zu berechnen. Selbst die Bilder, die wir im Fernsehen oder im Internet noch durch funktionierende Webcams zu sehen bekommen, hat mit der Realität nichts zu tun. Mir wird schlecht. Auch Michi sieht nicht gut aus, das ist sogar durch das Visier des Schutzanzuges zu erkennen. Er steht nah bei Pepper, der ihm Halt gibt. Dieser Anblick gibt mir Hoffnung und lenkt mich für wenige Sekunden ab. In dieser verrückten Zeit haben sich zwei Menschen gefunden, die nicht unterschiedlicher sein könnten. Die sich ohne diese Katastrophe vermutlich niemals einfach so über den Weg gelaufen wären. Meine Gedanken wandern zu Mara, die hoffentlich noch am Leben ist. Auch um Paul, Lisa und Kolja mache ich mir sorgen, wie könnte ich nicht, aber ich versuche darauf zu hoffen, dass es allen gut geht. Klar könnte ich jetzt, da die Regierung uns endlich zuhört und auch reagiert, nach ihnen suchen, mich zurückziehen, doch der Forscher, der Wissenschaftler in mir will oder muss wissen, wie es weitergeht. Es ist dieser innere Drang zu erfahren, was auf uns zukommt. Dort im Wasser vor uns ist. Die Flut wird bald hier sein und damit die Wesen aus einer anderen Welt. Gestern hat die Regierung eine weitere Sache angeordnet, etwas das längst überfällig war, unendlich hart, aber vom wissenschaftlichen Stand aus notwendig ist, um Gesunde zu schützen. Jedem ist bewusst, dass die Politik nun massiv in die Grundrechte eingreift, in das Leben von vielen Mitbürgern, aber es schützt auch viele andere Menschen. Denn Stand heute ist, wer an dem Bakterium erkrankt, wird sterben. Es gibt kein Heilmittel und kein Hinauszögern der Erkrankung, um später vielleicht durch ein Medikament, zu gesunden. Der Tod tritt viel zu schnell ein. Deshalb sind Personen, die erkranken dem Tode geweiht, und Menschen, die mit ihnen Kontakt hatten, ebenfalls. Es hilft nur eines: Damit wir diese Seuche eindämmen können, müssen wir uns zurückziehen und dürfen mit niemanden in Kontakt treten, und sollten wir krank sein, müssen wir möglichst alleine und zügig sterben. Denn, das haben die Kollegen herausgefunden, stirbt der Wirt, also der Mensch, stirbt nach kurzer Zeit auch das Bakterium. Weshalb dem so ist, wissen wir nicht, mich aber beschleicht immer mehr die Vermutung, dass es sich dabei nicht um etwas handelt, das uns zufällig getroffen hat, sondern mit voller Absicht. Es eine Waffe ist. Wenn dem so wäre, dann sieht es für mich so aus, als ob sie die Menschen an der Küste schwächen wollten, um ungehindert an Land zu gelangen. Bis wir ein Heilmittel finden, werden wir dieser Gefahr weiterhin ausgesetzt sein. Das kann im schlimmsten Fall Jahre dauern. Noch aber bin ich zuversichtlich, dass die Welt erkannt hat, dass die Gefahr global ist und man zusammenarbeiten muss, um sich zu schützen. Diese Einschätzung der Verbreitung des Bakteriums wurde von der Regierung geteilt. Wir hatten mit unserer Prognose vor einigen Tagen auch nicht unrecht. Die Verbreitung ist zwar etwas langsamer geworden, aber sie ist da. Nun aber wurden große Teile des Nordens abgesperrt. Die Menschen aufgefordert, ihre Häuser nicht mehr zu verlassen. Vor allem nicht, wenn sie Krankheitssym-

ptome entwickelt haben. Als die knallharte Radio-
durchsage kam, dass man niemanden helfen kann,
der erkrankt ist und dieser, sollte man ihn auf der
Straße antreffen, erschossen wird, wurde auch dem
Letzten bewusst, dass etwas Schlimmes vor sich geht.
Es gab nicht einmal eine Panik, die Menschen zogen
sich in ihre Häuser zurück und die Straßen waren
leer. Die Regierung hat die Öffentlichkeit zudem
darüber informiert, dass in unserer Sichtweite ein
Raumschiff schwebte, das etwas auf die Erde
geschossen hat und die Tsunamis ausgelöst hat. Dies
als ein Angriff auf die Erde bewertet wird. Sie haben
den Bürgern klar gemacht, dass wir ein Problem
haben. Es gab, wie gesagt, keine Panik. Noch nicht.
Alle, wir, die Menschen, befinden sich in einem
Schockzustand, der von Angst beherrscht wird, aber
das wird sich ändern. So sind wir Menschen. Im
Moment sieht man niemanden mehr auf der Straße,
alle haben sich verschanzt. Über die Bildschirme
laufen nicht nur am laufenden Band Informationen,
sondern auf zig Programmen werden Gottesdienste
ausgestrahlt. Die Menschen wenden sich Gott zu und
beten. Doch wenn es hilft, den Menschen die Angst
zu nehmen, ist das gut. Dieser Zustand wird einige
Tage anhalten – vielleicht. Wenn wir Glück haben.
Wenn wir noch mehr Glück haben, wird eine Kombination aus verschiedenen Antibiotika helfen, das
Bakterium im Körper zu töten. Wenn dies nicht hilft,
dann vielleicht eine Bestrahlung oder eine Chemo.
Das alles aber wird die Zukunft sein. Das JETZT ist

vor uns und wird in wenigen Minuten eintreffen. Es wird unruhig am Strand, Rufe werden laut. Hektik bricht aus und wir sehen, wie der weiße Sand dunkel wird. Wie sich ETWAS bewegt, aus dem Wasser kriecht. Fast zeitgleich beginnt das Töten. Die Soldaten, Feuerwehrleute und vielen freiwilligen Helfer stehen engmaschig am Strand und beginnen die Wesen, die auf sie zukommen, mit Feuerwerfer zu töten. Wenn vor wenigen Minuten der beißende Geruch nach Verbranntem in der Luft lag, ist er jetzt unerträglich. Über meine Kopfhörer vernehme ich die geschockten Worte von Sponkey.

»Was zur Hölle ist das?« Chris tritt neben mich und deutet den Strand entlang. Es ist unglaublich, was wir zu sehen bekommen. Chris spricht das aus, was ich nur mit den Augen aufnehme.

»Sie sind wahnsinnig gewachsen.«

»Oh ja. Ich schätze, sie sind nun an die dreißig, vierzig Zentimeter groß, und sie haben Beine entwickelt, sonst könnten sie sich nicht so schnell auf dem Sand bewegen.«

»Professor, wir werden das niemals schaffen.«

»Wir müssen aber! Chris, bisher sieht es doch gut aus.« »Du Optimist!« Kaum ausgesprochen bekommen einige der Feuerwehrleute und freiwilligen Helfer Panik und rennen an uns vorbei weg vom Strand. Pepper reagiert schnell. Er packt einen der Männer, nimmt ihm den Feuerwerfer ab und rennt nach vorne, um die Reihe zu schließen. Auch Mimm, Buffi und Marlon, aber auch wir anderen zögern nicht. Bald stehen wir alle schwitzend in den Reihen und feuern auf das, was uns aus dem Meer entgegenstürmt. Ich bin wie in Trance und analysiere gleichzeitig, was ich sehe. Es gefällt mir nicht. Einige der Biester scheinen sich im Sand zu vergraben. Sie schaufeln sich mit ihrem Maul und den Vorderbeinen ein Loch und dringen in den Sand ein. Wir werden niemals alle erwischen! Trotzdem aber kämpfe ich weiter. So plötzlich, wie es begonnen hat, ist es vorbei. Mein Zeitgefühl ist abhandengekommen, ich weiß nur, dass ich völlig fertig bin. Mich am liebsten auf den Boden fallen lassen würde, doch dieser ist voller getöteter, verkohlter Wesen. Schwer atmend schleppen wir uns zurück zum Helikopter. Ungläubig sehe ich auf das Massaker vor mir. Keine Ahnung, ob wir alle, die meisten oder wenigstens genügend erwischt haben, um die Gefahr abzuwenden. Doch es ist vorbei. Pepper spricht das aus, was auch ich gesehen habe.

»Verdammt, Michi, hast du gesehen, was sie getan haben?«

»Habe ich.«, er sieht zu mir.

»Sie haben sich im Sand verbuddelt.« Ich nicke zustimmend und sage:

»Es ist noch nicht vorbei und ich hege die Befürchtung, dass wir erst am Anfang stehen.«

SIEBZEHN

Die Zeit danach

NACHDEM WIR AN JENEM TAG IN DEN HUBSCHRAUBER gestiegen sind und im Institut vor unseren Monitoren saßen, wussten wir nicht, was wir tun sollen. Zöllner hatte sich nach einiger Zeit zu uns geschaltet und uns mitgeteilt, dass die Welle, damit meinte er die Wesen aus dem Meer, auch an der italienischen Küste eliminiert wurden.

»Zumindest jene, die sich nicht im Sand vergraben haben.«, murmelte Sponkey aus dem Hintergrund. Zöllner nickte und sprach danach das aus, was wir alle schon längst zur Kenntnis genommen und untereinander besprochen haben.

»Es ist noch nicht vorbei. Aber wir haben viele eliminiert. Sehr viele.«, er machte eine Pause und meinte:

»Hoffentlich genügend.« Neugierig fragte ich ihn:
»Was passiert nun?«
»Wir werden abwarten und währenddessen, die

Schäden beseitigen, uns darauf konzentrieren, dass dieses Bakterium unter Kontrolle gebracht wird und uns neu sortieren. Die Menschen werden wieder aufstehen, so sind wir gestrickt. Es ist zwar noch lange nicht zu Ende, aber Forscher auf der ganzen Welt werden nach einem Mittel gegen diese Infektion suchen und sie werden etwas finden. Vielleicht nicht heute, aber ich bin zuversichtlich.« Ich musste fragen, auch wenn mir oder uns zuvor klar war, was unser eigenständiges Tun für Folgen haben wird. Doch ich wollte aus seinem Mund hören, was mit uns geschieht:

»Und wir?«

»Sie wurden angehört, aber ...«, ich muss ihn unterbrechen und zuvorkommen, auch wenn ich vor Sekunden anderes gedacht habe:

» ... wir werden nun, da wir ihnen sämtliche Informationen geliefert haben, nicht mehr benötigt. Ist dem so?«, er wurde laut:

»Was bitte erwarten Sie! Sie haben sämtliche Gesetze, die es gibt, übertreten, wundert Sie das wirklich? Wir werden sie vergessen und auch das vergessen, was Sie getan haben, aber Sie nicht mehr kontaktieren oder ihnen Informationen zukommen lassen. Sie werden ihren Job – also Lehrer zu sein –, weiter ausüben können und der Gesellschaft damit dienen.« Fassungslos hörte ich ihm zu.

»Sie deuten damit an, dass ich nicht mehr werde forschen dürfen?«

»Nein, werden Sie nicht.« Es war uns allen

bewusst, dass dies geschehen würde, doch das komplette Ausmaß zu hören, tat weh. Es gibt das Ausland. Irgendwo werde ich weiter forschen können. Irgendwann. Es gab zuerst andere Dinge, die wichtiger waren. Waren wir deswegen traurig? Irgendwie ja. Zöllner sprach weiter:

»Den Helikopter, der Staatseigentum ist, händigen sie uns aus. Hauptfeldwebel Felber und sein Team werden die Bundeswehr freiwillig verlassen.« Pepper und die anderen sahen angespannt zu Zöllner. Aber auch ihnen war bewusst, dass dies passieren würde.

»Entsprechende Anträge sind bereits bei uns eingegangen.« Ich sah zu Pepper und den Jungs. Die mir in den vergangenen Tagen ans Herz gewachsen waren. Pepper zuckte ergeben mit den Schultern, aber sah nicht geknickt, sondern stolz zu Zöllner, der weitersprach:

»Das gilt nicht für das Team auf dem U-Boot. Kommandant Axel Moor wird vor einen Disziplinarausschuss gestellt werden, doch er wird nichts zu befürchten haben. Sie haben mein Wort. Balthasar von Neuhaus wurde ebenfalls aufgrund guter Führung vorzeitig aus der Haft entlassen.« Er macht eine Pause.

»Jedoch kann er bei einer erneuten Festnahme wegen eines Verbrechens nicht mit Milde rechnen.« Sponkey atmete tief durch. Dieser Zöllner war extrem gut informiert. Er hatte seine Hausaufgaben gemacht. Wenn er dies nur Tage zuvor getan hätte, wären eventuell noch viele Menschen am Leben, aber das wird er wissen und damit muss er leben. Nach seiner Ansprache hatte er sich verabschiedet und uns sozusagen aus dem Institut geworfen. Wir sind trotzdem geblieben und zwar so lange, bis sich die Lage beruhigt hatte. Bis wir uns schützen konnten, und das war zu unser aller Überraschung relativ zügig der Fall. Forscher hatten zum Glück herausgefunden, welche Kombination an Antibiotika das Bakterium töten kann. Zöllner hatte uns einen großzügigen Vorrat ausgehändigt und danach sind wir gegangen. Es war ein seltsames Gefühl, ein unwirkliches. Aber wir gingen jeder seiner Wege.

ICH HABE den Kontakt mit Pepper, Michi, Chris und den Jungs in den Monaten und Jahren nach diesen Ereignissen weiter aufrechterhalten. Sie alle gehören seit diesen verrückten Tagen zu meinem engsten Freundeskreis. Nur Sponkey ist untergetaucht und treibt im Netz weiterhin sein Unwesen. Hin und wieder treffen Michi und Chris auf Spuren von ihm. Doch er meldet sich nie. Die beiden arbeiten weiterhin gemeinsam in der UFO-Zentrale. Sammeln Daten über alles Ungewöhnliche und sehen oft und lange in den Himmel. Es ist etwas, was ihnen Spaß macht, und nun, da sie wissen, dass es außerirdisches Leben im All und vermutlich auch auf der Erde gibt, sammeln sie alle Daten, die sie finden können.

Das Leben ging nach diesen Tagen weiter, als ob nichts passiert wäre. Wie Zöllner sagte: Die Menschen reagieren so. Die Schäden, die der Tsunami hinterlassen hatte, wurde entfernt. Häuser neu aufgebaut. Es wurde um die vielen Toten getrauert und danach wieder Urlaub an der Nordseeküste gemacht. Niemand hat Angst, dass eine weitere Welle die Küste trifft. Womöglich schauen die Menschen öfters nachts in den Himmel und haben manchmal das Gefühl, beobachtet zu werden. Aber ich bin mir sicher, dass die Gefahr in erster Linie nicht über uns ist, sondern tief in der Erde. Und ja, tief, denn Wissenschaftler haben gegraben, sie wollten nachsehen, ob wir Aliens ausgraben können. Doch da war nichts. Keine Spur von ihnen.

Marla habe ich zu meiner allergrößten Freude wenige Stunden später, nachdem ich das Institut verlassen hatte, gefunden. Sie hatte sich bei ihren Eltern, wie ich es ihr am Telefon gesagt habe, verschanzt und verbarrikadiert. Doch mit jedem Meter, den ich zu ihr fuhr, kam der Tag, die Stunde der Wahrheit, näher. Ich musste ihr sagen, dass ich die Kinder verloren hatte. Mit zitternden Knien bin ich zu ihr und als sie auf mein Klingeln hin die Haustür geöffnet hatte und mich umarmte, krachte ich auf den Boden. Ich wurde schlicht und einfach ohnmächtig. Ich liebe diese Frau und mein schlechtes Gewissen ihr gegenüber, die Angst, dass Paul und Lisa tot sein könnten und ich daran mitschuldig bin, hatte mich wortwörtlich umgeworfen. Als ich meine Augen wieder öffnete, blickte ich in besorgte Augen. Mein

Nervenkostüm aber was so fertig, dass mir sogar Tränen in die Augen schossen.

»Es tut mir leid, Mara. Ich ...«

»Es ist alles gut, Lars. Den Kindern geht es gut. Sie haben sich vor ein paar Tagen bei mir gemeldet.«

»Was? Wirklich?« Vorsichtig richtete ich mich auf und als sie mir einen Kuss gab, erfüllte mich Freude.

»Es geht ihnen wirklich gut?«

»Das tut es.« Auch wenn ich nicht der leibliche Vater von Paul und Lisa bin, ich bin stolz auf sie, ach, was sage ich, auf die drei. Kolja schließe ich mit ein. Nachdem ich im Wohnzimmer saß und einen starken Kaffee vor mir stehen hatte, erfuhr ich, wie die drei nach Schweden gefahren sind. Kolja ist mit seinen 17 Jahren so erwachsen, so stark gewesen, sich diese weite Strecke mit dem Auto zuzutrauen, zu fahren und auch Paul und Lisa an den Grenzposten vorbei zu schleusen. Er hat meinen größten Respekt. Kolja ist zu seinen Eltern und dort in der Einsamkeit haben Sie die ersten Wochen in Sicherheit vor der um sich greifenden Erkrankung verbracht. Als das Telefon wieder funktionierte, haben sie versucht ihre Mutter anzurufen und ihr erklärt, wo sie sind und auch, wie sie dorthin gekommen sind. Als nach einigen Monaten die Grenzen wieder geöffnet wurden, haben wir die beiden geholt und uns herzlichst bei Kolja und seinen Eltern bedankt. Lisa ist, ich will nicht sagen, traumatisiert, aber sie ist in den ersten Monaten sehr in sich gekehrt. Auch an Paul sind die vergangenen Monate nicht spurlos vorbeigegangen. Er ist im Geist erwachsen geworden. Und er hatte sich in den Monaten auch körperlich zu einem hübschen jungen Mann entwickelt. Unser Verhältnis hat sich radikal geändert. Ich will nicht sagen, dass sie mich als Vater ansehen, aber als guten Freund. Die Schule ging erst nach den Winterferien wieder los. An einen geregelten Unterricht konnte lange Zeit nicht gedacht werden. Lisa taute langsam wieder auf, als sie mit Gleichaltrigen zusammen war. Der Schmerz über den Tod einige ihrer Freundinnen aber wird lange nicht vergehen. Ich selber konnte für ein Jahr nicht zurück, um als Lehrer zu arbeiten. Mich beschäftigte das, was unter uns vergraben ist. Michi und Chris haben mir zuerst geholfen, aber nach einiger Zeit sind sie zurück nach Lütterscheid und sammeln dort weiter Informationen. Ich aber habe Feldforschung betrieben, gegraben und nach etwaigen Lebewesen gesucht. Doch nie habe ich welche gefunden. Sie müssen entweder tot sein oder sich sehr, sehr tief eingebuddelt haben. Denn manche Löcher, die ich gegraben habe, waren wirklich sehr tief. Als das neue Schuljahr im Sommer darauf angefangen hatte, habe ich mich dazu entschlossen, wieder zu unterrichten.

Pepper und Michi haben ein halbes Jahr nach dem Einschlag tatsächlich eine Pizzeria gefunden und hatten ein Date, wie Chris es nannte. Die beiden sind seitdem ein Paar. Es ist lustig, aber auch schön. Chris schmunzelt nur, wenn er die beiden sieht, ohne Gram oder Eifersucht. Es passt zwischen den beiden und das kann jeder erkennen. Unsere verrückte Truppe hat sich neue Lebensziele gesetzt. Mimm, Buffy und Marlon waren zuerst etwas verloren ohne die Bundeswehr. Sie habe dort mit achtzehn ihren Dienst angetreten und wurden zu hervorragenden Soldaten ausgebildet. Dass man sie so einfach kaltgestellt hatte, tat ihnen weh. Auch wenn sie damit rechnen mussten. Pepper hatte die Idee, sich selbständig zu machen. Die vier haben, nachdem sich vieles wieder normalisiert hatte, einen Security-Service eröffnet. Es hat sich schnell herumgesprochen – auch mit Hilfe von Chris und Michi – dass sie gut sind. Die Aufträge folgten und die vier sind gut ausgelastet. Das Leben hat sich drei Jahre, nachdem wir ein Raumschiff über uns im Weltall erblickt haben und dieses ETWAS auf die Erde geschossen hat, aus dem sich unbekannter Wesen entwickelt haben, verrückterweise wieder normalisiert.

Epilog

AMAZONAS – 22.08.

Im Amazon sitzt ein Affe auf einem Baum und blickt auf das, was unter ihm passiert. Die vor einigen Jahren abgebrannte Fläche vor ihm wurde fast gänzlich wieder von der Natur zurückerobert. Pflanzen und Farne wachsen wieder und kleine, aber auch größere Tiere tummeln sich dort. Faszinierend sieht der Affe dabei zu, wie sich einige Meter entfernt etwas Großes aus der Erde schält. Nicht nur er spürt, dass Ungewöhnliches vor sich geht, Gefahr droht, denn die Klänge des Urwaldes verstummen urplötzlich. Eine gespenstische Ruhe liegt über dem Ort des Geschehens. Als die drei Wesen, die noch nie zuvor von einem der Bewohner des Waldes gesehen wurden, sich zu dem auf dem Baum sitzenden Affen wenden, ist es für ihn zu spät. Denn diese Wesen sind das Letzte, was er auf dieser Welt sieht. Mit unglaublicher Geschwindigkeit rennen sie auf ihn zu, springen mit einer Leichtigkeit den Baum nach oben und töten ihn. Sie hetzen kurze Zeit später weiter Richtung Norden und hinterlassen dabei eine Spur des Todes. Sie haben Hunger, den es zu stillen gilt, aber nicht nur, sie töten alles, was sich ihnen in den Weg stellt. Die Wesen ziehen dabei eine Schneise des Todes hinter sich her. Danach jedoch sind die Töne des Urwaldes dieselben wie eh und je. Wo nur rennen sie hin und was geschieht, wenn sie den Urwald verlassen und sie auf Menschen treffen?

Mittelmeer – Italien – 23.08.

In der Stille der Nacht macht sich ein junges Pärchen auf, um an den Strand zu gehen, zu einem geheimen Stelldichein. Mit dabei haben sie eine Flasche Sekt und eine bunte Decke. Sie lächeln sich glücklich an und tun das, was viele Menschen vor ihnen getan haben, sie lieben sich im noch warmen Sand und kuscheln sich nach dem Akt in ihre mitgebrachte Decke und sehen auf die Wellen. Ein letztes Mal. Man hört keinen Laut, kein panischer Schrei erfüllt die Nacht, als sich die Zähne nichtirdischer Wesen in ihrer beider Genicke bohrt und sie ins Meer gezogen werden. Nur eine Flasche Sekt und dieses bunte Handtuch erinnern daran, das hier vor wenigen Minuten noch zwei Menschen in Liebe beieinander waren.

Jamal – 20.08.

Auf der Halbinsel Jamal sitzt ein Fischer früh morgens in seinem Boot und angelt in einem der vielen kleinen Seen. Er ist nicht mehr besonders weit vom Ufer entfernt, denn sein Fang war heute wieder nicht üppig, aber es wird zu einer Mahlzeit in seiner Hütte reichen. Deshalb rudert er gemächlich zurück an Land und denkt dabei an seine Kinder, die weit weg in Moskau leben. Er wird bald Großvater werden und lächelt bei dem Gedanken daran. Er hat Glück, so wundervolle und intelligente Kinder zu haben, die es zu etwas gebracht haben. Behände steigt er aus, befestigt das Boot und will seinen Fang herausheben, als es passiert. Das Einzige, was man von ihm findet, ist sein angebundenes Boot und das Gefäß mit den Fischen, ansonsten wird er nie mehr gesehen.

Langeoog – 23.08.

Die Campingplätze sind voll in diesen Tagen. Einige der anwesenden Jugendlichen nützen die wunderschöne Nacht, um am Strand verbotenerweise zu viel Alkohol zu trinken und aus dem angeschwemmten Holz ein großes Feuer zu entfachen, eines, das in der Nacht hell erstrahlt. Viele von ihnen verziehen sich im Laufe der Nacht zurück in ihre Zelte und Wohnwägen. Nur Max und Jeremias sitzen noch lange am Feuer. Sie sehen Richtung Osten und erahnen, dass die Sonne in den nächsten Minuten am Horizont erscheinen wird, doch sie werden dies nicht mehr erleben. Der Schock ist nur von kurzer Dauer, sie kommen auch nicht mehr dazu, zu schreien. Nur Stunden später findet man einen Schuh, den man Max zuordnen kann, und den Rucksack von Jeremias, ansonsten nichts. Die Polizei geht davon aus, dass sie sich im betrunkenen Zustand ins Watt gewagt haben und dort, als die Flut zurückkam, ertrunken sind.

Wilhelmshaven – 26.08.

Ich sitze mit Paul über seinem Chemiebuch und lerne mit ihm für einen Vorkurs, den er für sein angehendes Studium benötigt, als mein Handy klingelt.

»Es ist Michi, ich bin gleich wieder bei dir, Paul.«

»Grüß ihn von mir.« Die Freude über seinen Anruf schlägt zügig in Entsetzen um, denn ich glaube Michi jedes einzelne Wort.

»Professor, Professor!«

»Was ist denn los, Michi?«

»Sie müssen nach Lüdenscheid kommen. Jetzt. Ich meine sofort. Glauben Sie mir, Professor, es ist so weit.«

»Was?«

»Es geht los. Sie kommen und es gibt keinen Zweifel mehr, sie sind da, um uns zu töten.«

Ende

ACHTZEHN

Leseprobe Aufbruch nach Yxen

Prolog

Irgendetwas stimmt nicht. Überhaupt nicht. Irgendwas brummt und … wackelt, ich schwebe oder schwimme. Kann mich rühren. Weshalb kann ich mich bewegen und mir kommt in den Sinn: Warum schlafe ich nicht? Sind wir angekommen? Wo auch immer dies sein wird? In der nächsten Sekunden aber wird mir bewusst, dass ich keine Luft mehr bekomme. Panik bricht aus. Mit meinen Händen versuche ich, mich aus diesem Gefängnis zu befreien, was mir nicht gelingt, denn um mich herum ist eine feste stabile Hülle. Der Kryoback, auch von mir spaßig »Koffer« genannt. In ihm sollte ich für die lange Reise aufbewahrt und am Leben gehalten werden. Doch ich schlafe nicht mehr, ich bin wach und dieser »Koffer« öffnet sich nicht. Das … ich … Panik durchflutet mich … ein lautloser Schrei verlässt meine Lippen, der von niemandem gehört werden kann – wie auch. Ich ziehe mir den Schlauch aus der Nase und aus dem Hals und versuche hektisch, einen Verschluss zu finden, der mich rettet. Ein Geräusch lässt mich innehalten. Ein Zischen ertönt. Unvermittelt öffnet sich der KLSB, der Kryo-Life-Sleep-Back, wie er richtigerweise genannt wird, und in dem ich liege. Mein Körper versucht mit letzter Kraft, Sauerstoff in die Lunge zu transportieren. Luft, da ist sie, doch bevor mich ein Glücksgefühl durchziehen kann, höre ich ein seltsames metallisches Klicken und vor meinen Augen erscheint die Mündung einer Waffe. Dazu ertönt die laute Frage: »Wer zum Teufel sind Sie?«

MEIN BRUDER IST TOT. Diese Nachricht erreichte mich vor drei Tagen und erwischte mich kalt. Ich war Jilian in den vergangenen Jahren nie mehr wirklich nah und doch war er mir näher als jeder andere Mensch auf der Welt. Zudem der Einzige aus der Familie, mit dem ich wenigstens hin und wieder Kontakt hatte. Zu Hause, da war ich seit über zehn Jahren nicht mehr.

Meine Eltern haben nicht verstanden, weshalb ich nicht bei ihnen wohnen wollte. Sie planten mit mir. Dad dachte, dass ich mit ihm zusammen die kleine Ranch bewirtschaften werde. Doch ich konnte mit meinem Leben, dem Status, den ich innehabe, alleine durch den Zeitpunkt meiner Geburt, nicht zufrieden sein. Es fühlte sich falsch an und es ist nicht richtig, jedoch gab es kein Entrinnen. Alle anderen Zweitgeborenen aus unserem Ort und Bekanntenkreis haben sich der Ordnung der Föderation untergeordnet und es nie infrage gestellt oder versucht, etwas an ihrem Schicksal zu ändern. Sie begriffen wie meine Eltern nicht, warum ich gegangen bin, ich gehen musste. Sie alle verstanden nicht, dass ich mit diesem Status als Zweitgeborener niemals zufrieden sein kann. Es gab für mich diese eine Wahl und ich ergriff die einzige Chance, die ich hatte, mehr im Leben zu erreichen. Ja, es ist seit der neuen Ordnung so, dass der erstgeborene Bruder alles haben kann, was er möchte. Er wurde in allem, was er realisieren kann, gefördert. Er durfte studieren, was ihn begeisterte, wie lange er wollte und wo auch immer seine Interessen lagen. Er erhielt Zugriff zu sämtlichem Wissen. Jilian hatte in unserer neuen Gesellschaftsordnung jegliche Rechte. Ich nur wenige, im Gegenteil, mein Leben besteht aus Pflichten. Die Zweitgeborenen müssen dafür sorgen, dass es den Erstgeborenen gut geht. Was die Menschen ihr Schicksal annehmen lässt, ist die Tatsache, dass auch das erstgeborene Kind von Zweitgeborenen alle Rechte erhält. So wurde es erreicht, dass wenige aufbegehren, dass es einem Kind der Familie gut gehen wird. Die Föderation sich um jenes bestens kümmern wird. In meinen Augen ist das alles ein Rückschritt, doch ich kann es nicht ändern. Aber ich will und kann bis heute nicht akzeptieren, dass ich keine Rechte habe. Jilian darf wirklich alles tun, was er möchte. Studieren, reisen, lernen und er muss sich nie auf dem Hof, den Feldern oder selbst in seinem Zimmer die Finger schmutzig machen. Ich jedoch hatte diese Freiheiten nie. Werde sie auch nie erlangen. Mein Status ist der eines Zweitgeborenen. Das steht in meinen Ausweispapieren in großen Buchstaben, ist auf meiner Identifikationsnummer hinterlegt und dieser Zustand wird sich nie ändern und das nur, weil ich drei Minuten später das Licht der Welt erblickt habe. Auch jetzt nach seinem Tod werde ich nicht nachrücken. Während ein Autonomous driving vehicle kurz ADV234 mich Richtung Heimat fährt, denke ich nach. Dieses Auto kommt mir in den Sinn, habe ich ausschließlich Jilian zu verdanken. Immer war ich neidisch auf ihn und auch böse, obwohl er nichts dafür konnte, und er hat versucht, mir oftmals Privilegien zu ermöglichen, die ich so nicht hätte haben dürfen. Keine Ahnung, ob es sogar verboten war, doch davon hat sich Jilian nicht abhalten lassen. Erst jetzt, heute da ich erfahren habe, dass er nicht mehr am Leben ist, wird mir bewusst, wie sehr er mich immer unterstützt hat und wie undankbar ich war. Er hat zuletzt vor wenigen Tagen angerufen. Etwas, was nicht oft vorkam. Jilian war, wenn ich darüber nachdenke, anders. Er machte es dringend und bat mich darum, nach Hause zu reisen. Seine Worte hallen mir noch nach.

»Hondo, du musst kommen, es ist dringend. Es ist unglaublich wichtig. Fahr zur Ranch!« Danach legte er auf. Das war unser letztes Gespräch.

»Komm nach Hause, Bruder.« Das waren seine Worte, die in mir nachhallen. Jetzt bin ich auf dem Weg dorthin, aber er wird mich nicht begrüßen. Denn Jilian ist tot. Mein Bruder ist nicht mehr am Leben. Jilian ist nicht mehr hier. Mein Bruder, den ich mein Leben lang beneidet habe, dem ich so oft böse war, dass er der Erstgeborene ist, lebt nicht mehr.

Danksagung

Am Schluss sollte man **DANKE** sagen.

Super, ihr habt es bis hierhin geschafft! Es scheint euch tatsächlich gefallen zu haben. Ich würde mich wahnsinnig über eine Rückmeldung und eine Rezension freuen. Habt ihr nicht Lust, ein paar Worte zu schreiben?

Vielen Dank! Euer Kolja

Ach ja, ihr findet mich auf Facebook unter Kolja S. Nyberg.

Dort erfahrt ihr Wichtiges und Unwichtiges über mich! Ich freue mich auf euch!

Bücher von Kolja S. Nyberg

Apokalypse Der Einschlag

Als Professor Lars Römer mit den Kindern seiner Freundin ein Wochenende auf Wangerooge verbringt, um diese etwas mehr von sich zu überzeugen, passiert das Unfassbare. Sie werden Zeugen, wie ein Himmelskörper in die Nordsee kracht. Dass er und die Kinder den darauffolgenden Tsunami überleben, ist nur ihm zu verdanken, da er als Klimaforscher schnell kombiniert, welche Folgen dieser Einschlag haben wird. Was sich aber

die Stunden und Tage danach ereignet, ist der pure
Horror. Bald schon wird klar, dass der Einschlag kein
Zufall war. Doch was bedeutet dieses Ereignis für die
Menschheit?

Apocalypse The impact

Aufbruch nach Yxen

**Gibt es eine zweite Erde – eine neue Chance – ein
anderes Leben?**

Fragen, mit denen sich Hondo Sinclaire auseinandersetzen
muss, während seiner Reise in einem Raumschiff mit
Auserwählten. Mit Menschen, die überleben dürfen …

Die Erde ist Geschichte, das Leben, das er kannte, ist
vorbei. Gestorben mit seinem drei Minuten älteren Bruder,
der eigentlich jetzt in diesem Raumschiff sitzen sollte.

Als Erstgeborener.

Als Auserwählter.

Nur durch ihn ist er hier. Als er vierundfünfzig Jahre später durch einen Brand auf dem Raumschiff aus dem Kryoschlaf geweckt wird und in den Lauf einer geladenen Waffe blickt, beginnt ein Kampf um das Überleben der Menschheit, um eine zweite Erde, um Gerechtigkeit für seinen Zwillingsbruder Jilian.

Nervenkitzel – Gänsehautmomente und der immerwährende Kampf ums Überleben.

Lass dich entführen in dieses Abenteuer ohne Wiederkehr!